奇々耳草紙
死怨

我妻俊樹

竹書房文庫

目次

巳の字

寛治さんの地元の飲み仲間であるK輔とN子が飲みの席で「実はつきあっています」と交際宣言をしたという。

仲間たちに祝福されたり冷やかされたりしながら泥酔して「これからは堂々としますよ？　いいんですか？」などと言って熱いキスまでしてみせた二人だったが、それからまもなく別れてしまったという話が寛治さんのところに伝わってきた。

心配してそれぞれと連絡を取ってさぐりを入れると、どうも互いに嫌いになったり愛想を尽かすようなことがあったわけではないらしい。

『浮かんできたんですよ』

という言葉とともに画像がK輔から送られてきたので見れば、携帯のカメラで自分の尻を撮ったものらしい。

つるっとして意外ときれいな尻には、左右にまたがって〈巳〉という字に見える痣のようなものがある。

同じものが同時にN子の体の同じ部分にも現れたのだという。

『どうもあいつは何か痣の文字に心当たりあるらしくて。これは本当にまずいよ、洒落にならないレベルのものだよ、もう別れるしかないよって泣きながら言われて』

祝ってもらったのにごめん、結婚するつもりだったんだよ。

それだけの文面を送ってきてK輔は以後電話にも出ず、誰にも姿を見せないままアパートを引き払って消息を絶ってしまった。

N子も地元の飲み会に顔を出さなくなり、K輔と別れてから半年ほど経った夏の朝に隣町の駅のホームで、ベンチの下に挟まるようにして亡くなっているのを始発電車の車掌に発見された。

軍人さん

N市の某老舗百貨店の裏の狭い通りに、軍服を着た四十代くらいの男性が時々何をするでもなくぼんやりと立っている。

公子さんは軍装のことは何もわからないが、ちょっと詳しい知り合いの話だと男の服装は時代も国も陸海空もごちゃ混ぜのものらしい。頭の先から爪先までミリタリーショップで揃えたような姿はやはり目につくし、あきらかにぎょっとして二度見している人をよく見かけたという。

ある晩公子さんが飲み会帰りにその路地を歩いていると、軍服の男が電柱にもたれて所在なげにしていた。

普段は見かけても何とも思わないが、そんな時間にぽつんといるところに遭遇すると一瞬足がすくんでしまう。別の道を通ろうかと迷ったものの、終電の時間が気になるので公子さんはそのまま足早に通り抜けることにした。

するとと男の前にさしかかったとき耳元で「こいつと一緒になってくれ」と声がしたという。

驚いて顔を向けると、三メートル以上離れた場所に男は相変わらずぼんやり立っている。

近くには他に誰もいない。

呆然としているとふたたび「結婚……してやってくれ……」と声が聞こえた。耳にかかる温い息まで感じられた。

得体の知れない恐怖に襲われ、おそらく夢中で駆け出したのだろう。

公子さんはそこからどうやって終電に間に合ったのかも思い出せないが、気がつくと自宅マンションの一階のコンビニで息を切らせ、心配そうな顔の店員に「大丈夫ですか」と声をかけられていた。

最近〈軍人さん〉を見かけなくなったよね、という職場の同僚たちのお喋りを公子さんが聞いたのはそれから間もなくのことである。

公子さんはあの晩以後百貨店の周辺には近づかないようにしているから、自分の目で確認してはいない。ただもし事実なら、誰かがあの気味の悪い〈囁《ささや》き〉に応えてあげたのかもしれないと、彼女はぼんやり考えることがある。

賛美歌を聞く

健治さんは地元のライブハウスに友達のバンドが出ているので観にいった。だがライブの途中で急に気分が悪くなり、酒も飲んでいないのに悪酔いと貧血が混じったようなつらい状態になってしまった。

やっとのこと店を出て道端にしゃがみ込んでいたところ、どこからか賛美歌のようなものが聞こえてきたという。

どうやら商店街のスピーカーから流れているらしい。普段は軽快なインストをバックに各商店の宣伝の文言をくりかえし流しているスピーカーだが、夜は放送が止まっているはずだ。

変だなと思いつつ、ぼんやりと聞いていたらやはりスピーカーとは音のする方向が少し違うようだ。道の真上の何もないところから流れてくるようにも思える。そうして出所を探りつつ歌声にじっと耳を澄ませていたら、だんだん吐き気が収まり体調が回復して何事もなかったように元気になった。歌声のことは不思議に思いつつ、そのまま店に戻ってライブの続きを観たという。

二年後に腰を悪くして入院していたとき、健治さんはその賛美歌のようなものをふたたび聞いた。

同室の患者や看護師もたしかに聞こえると言ったから気のせいというわけではない。だが院内の放送ではないし、どこから聞こえてくるのかまるで不明だった。

廊下に出ると聞こえなくなるのでたしかに部屋のどこかに違いないのだが、同室の人のラジオの電源も入っていないし、出所不明のまましばらくするとふいに消えてしまった。

他の患者や看護師たちと情報を突き合わせると、ある者は日本語で歌われていたと言い、別の者は英語だったと言っていた。健治さんは前回はそんなこと考えもしなかったのだが、その日は日本語でも英語でもない、言葉なのかもはっきりしないような「うにゃうにゃ」したものが美しい声で歌われているように聞こえたという。

腰の手術を受ける前日のことだった。翌日の手術は無事成功し、それから退院するまで病室で賛美歌のようなものが聞こえてくることはなかった。

さらに六年後のこと。健治さんが三度目にその賛美歌のようなものを聞いたのは、旅先の喫茶店で本を読みながらうとうとしていたときだった。

このときはついに音の出所をはっきり特定することができたという。忘れもしない美しい歌声に驚いてよく耳を澄ませると、テーブルの上の砂糖壺の中から聞こえてくることがわかったのだ。

そういう仕掛けなのかとウェイトレスに訊ねると、びっくりして店長を呼びにいった。そして他の客もテーブルを囲んで見守る中、店長の女性が砂糖を全部紙の上にあけて壺の中を確かめたが、音の出るようなものは何も見つからなかった。

皆で順番に砂糖壺に耳を寄せて首をかしげていたが、やがて歌声は小さくなって完全に聞こえなくなったという。

健治さんは店長にこれまでその賛美歌のようなものが聞こえてきた経緯を話し「もしまたあれが聞こえたらぜひ教えて下さい」そう頼んでアドレスを渡した。

後日店長から「歌は相変わらず聞こえていません」と添えた近況のメールが何度か届いたが、「ちょっと病気をしたのでしばらくの間店を休みます」というメールが来て以来返信が途絶えてしまっていて健治さんは心配している。

それから七年間ほど、その賛美歌のようなものを健治さんは聞いていない。

緑竹輪

蓑田さんの住んでいた賃貸マンションでその秋たて続けに飛び降り自殺があった。いずれも住人ではないまったく建物と無関係な人だったし、一週間とあけずに同じ死に方をした二人の間には人間関係的にも何も接点はないようだった。

ただ蓑田さんは、最初の飛び降りがあった前の日におかしなものを見ていた。

窓の外に竹輪《ちくわ》のように穴のあいた緑色の直径十センチ、長さ五十センチくらいの棒状のものが浮いているのを見たのだ。

変わった形の風船かな？　そう思って窓を開けた彼女は手を伸ばしてみたが、とても手が届くような距離にはなかった。

その物体が急に意志を持ったように蓑田さんのほうへすーっと動き出したので、怖くなった彼女はあわてて窓を閉めた。

するとし経って音もなくガラスにぶつかって跳ね返ったその物体は、ふたたび窓から遠ざかって小さくなり、曇り空にまぎれて見えなくなった。


飛び降りがあったとき蓑田さんは部屋に不在だった。

だが落下地点から逆算すると、自殺した二人はともにその竹輪のようなものが浮いていた窓の外を落ちていったことは間違いない。

人を死に引き込むような何かが、たまたま緑色の竹輪のような形をして現れたのか。それとも二つの自殺とはまったく無関係に、あんな色と形の物体が蓑田さんの部屋に飛び込もうとしていたのか。

あのまま部屋に招き入れていたらどうなったのだろう。そう思うと蓑田さんは胸が冷える思いがするという。

カロリー

敬さんが子供の頃近所にカロリーと呼ばれているすごく肥《ふと》った若い男がいて、いつもゲーセンか公園にいて子供たちに自分の持っているゲームや大人買いした食玩の自慢ばかりしていた。

そのカロリーがある日右手にギプスをしていたので「どうしたの?」と訊くと「稽古中に骨折した」と言う。「おれ××部屋からスカウトの話が来てるからさ、張り切って自主的に稽古してたらついやっちまった」そう言ってギプスを大事そうにさすっている。

カロリーが相撲をやってるなんて初耳だし、いつもの法螺《ほら》話だと思って冷ややかに反応していたら子供の一人が「楽しみにしてます! 若貴《わかたか》より早く横綱になってください!」と大袈裟に声をかけた。からかわれているとも気づかず、カロリーは嬉しそうに相好を崩したという。

それから敬さんたちはカロリーの姿を見なくなった。骨折が思うように回復せず感染症を起こして、右腕を切断したらしいという噂が親を経由して伝わってきた。敬さんはカロリーのことが心配だったが、他の子たちはその存在さえ忘れたように話題にすることもなくなっていた。

それから数年経って若乃花《わかのはな》・貴乃花《たかのはな》の兄弟横綱の活躍が世間をにぎわせている頃、「テレビの相撲中継でカロリーを見た」という話を何人もの子供が言い出した。

それも客席ではなく取組前の土俵を堂々と横切っていったとか、土俵入りの力士たちの中にTシャツ姿のカロリーが混じっていたとかいうものだ。

敬さんもカロリーの姿が見たくて、学校から帰ると相撲中継に釘付けになった。祖父は孫が相撲に興味を持ったと思い喜んでいたが、敬さんは祖父の解説は右から左に聞き流して画面を凝視していた。

とうとうある日、敬さんは土俵上で行司にしつこくまとわりついているカロリーの姿をテレビ画面の中に発見した。黄色いトレーナーの右袖をゆらゆらさせていて、顔の表情は笑顔を五割り増しにした感じであきらかに正気じゃなかったけれど、元気そうに動き回るカロリーを見て敬さんは心の底から安心した。

それきり敬さんは相撲にもカロリーにも興味を失い、テレビ中継もたまに祖父孝行だと思ってつきあう以外はまったく見なくなった。だからカロリー騒動のその後のことはよくわからないが、たぶん敬さんが関心を失うのとほぼ同時に突如収束したのではないかという。

不思議なことに大人にはカロリーの姿は見えなかったようで、敬さんの祖父もそのとき一緒にテレビを見ていたのに「ほら見て！　カロリーが映ってるでしょ！　ここ、ここだってば！」そう孫に画面を指差されても目を白黒させているだけで、何のことかわからないようだった。

使用禁止のトイレ

安東くんが昔働いていたコンビニのトイレは誰もいないのに中から悲鳴が聞こえることがあって、店員はわかっているからいいがお客さんが驚いて通報してしまうことが相次いで困っていたという。そこでトイレを使用禁止にするだけでなく防音工事までして、どうにか客に悲鳴を「気のせいかな?」と思わせるレベルにまで抑えて営業していたが、妻子ある店長が女子大生にストーカー行為をして刃物を持って追い回した挙句、重傷を負わせて刑務所に入ってしまったのでまもなく閉店した。

かんのん館

舞台俳優の晃子さんが子供の頃、よく泊まりにいった親戚の家の近くの窪地に〈かんのん館〉という家があった。

門のところにそう書いた看板が出ていたのだが、外見はほとんど普通の民家で、ただ一階の屋根だけが黄色と鼠《ねずみ》色に毒々しく塗り分けられていた。

「かんのん」というのは観音様のことだと思い、晃子さんは子供用の図鑑で巨大観音の写真を見て興味を持っていたから、ぜひ〈かんのん館〉にも入ってみたいと思った。きっと中には観音様が祀られているはず、小さくてもいいから実物を見てみたいと思ったのだ。

だが大人たちは口を揃えて「あんなおかしな家には近づいちゃ駄目」と言う。どうして駄目なの？　と訊いてもちゃんと納得のいく理由を言わずに「駄目なものは駄目」と撥ねつけられた。

だから晃子さんは大人の目を盗んでそっと〈かんのん館〉に通った。

通ったといっても垣根の外から中を覗いて、その家のどこかに置かれた観音像を想像するだけだった。


だがある日、親戚の家の二つ年上の男の子が、

「晃子ちゃん、かんのん館に入りたいのか？　じゃあ一緒に行ってやる」

と声を掛けてくれた。

彼は以前親に内緒で館の庭に入り込み、建物の中も覗いたことがあるという。

「観音様？　そんなのは見なかったなあ」

という男の子の話を聞いて晃子さんはがっかりしたが、たまたま見つからなかっただけかもしれないと気を取り直した。

二人は〈かんのん館〉の前に着くと門に入り、まずは玄関に向かった。

事前に相談した結果「無断侵入を見つかって親に連絡がいくとまずい」という結論になり、正攻法に玄関から訪ねていくことにしたのだ。

看板を出しているくらいだから、きっと頼めば観音様を見せてくれるだろう。

そう思ってチャイムのボタンを押したが、鳴っているのかどうかよくわからない。

誰も出てこないので二人で「すみませーん」「こんにちはー」と叫び、引き戸のガラスを叩いたが中から反応はなかった。

留守なのかな、と話していると背後に誰かが立った。

見れば二人より年上らしい制服姿の女の子が、手に大きな紙袋を提げて立っている。

親戚の子が「観音様が見たいんですが」と言うと女の子は黙って玄関を開け、こちらを振り返った。

入ってこいということらしい。


女の子の後をついていくと、廊下を曲がったところに座敷があって障子戸が薄く開き、奥でお婆さんが正座していた。

何だ人がいたのか、どうして呼んだのに出てこなかったんだろう?

そう思いながら晃子さんが歩いていくと、また別の座敷があってそこにも障子戸が開いてお婆さんが正座していた。

細かい着物の違いなどはわからないが、こちら側を向いてちょこんと座っている様子がさっきのお婆さんとそっくりだった。

さらに廊下を進むと、また座敷があってやはり障子戸が薄く開き、奥でお婆さんが正座している。

晃子さんは何だか気味が悪くなってきた。

館の中が思いのほか広くてどんどん玄関から遠ざかるのも嫌だったし、もう帰りたいなと思ったという。

すると親戚の子も同じことを思ったのか、急に立ち止まって「すみません、やっぱり観音様見なくていいです」と言い出した。

そして晃子さんの手を握って元来た方へ引き返そうとしたら、

「カンノンサマァー、イイデスゥー、カンノンサマァー」

そう甲高い声が聞こえたのでぎょっとして振り返ると、女の子が手に持っていた紙袋から何かを取り出そうとしていた。

袋からは百科事典の一冊のような分厚い本が現れたという。

だが女の子の手にしているその本の表紙には、肌色をしたお面のようなものが貼りついていた。

お面は女の人の顔になっていて、目をくりっと裏返りそうなほど回して晃子さんたちを見上げた。

「イラッシャイマセェー、ミナクテイイデスゥ、イラッシャイマセェー」

そう狂ったように連呼しながら、床に糸を引くほどほどよだれを垂らしている。

本を抱えている女の子は眉間《みけん》に皺《しわ》を寄せ、ぶつぶつとお経のようなものを口にしていた。

表紙の顔は色の悪い舌を伸ばして、口のまわりをぺろぺろと舐め始めた。

晃子さんたちはどちらが自分の悲鳴かわからないほど叫びながら廊下を駆けた。


靴を履く暇もなく、夢中で裸足で帰ってきてしまったので、大人たちに訳を訊かれた晃子さんは言いつけを破り〈かんのん館〉に行ってきたことを白状したという。そこで見たものを二人で泣きながら話すと大人たちは困惑したように顔を見合わせた。

やがて男の子の父親が「靴を返してもらってくる」と言って家を出た。

それがたしか昼過ぎのことで、おじさんは日が落ちてもまだ帰ってこなかった。

心配した奥さんが様子を見にいこうとするのを制して「私が見てきます」と晃子さんの父親が家を出ていった。

夕食の時間を過ぎても父親たちは戻らなかった。

今度は妻たちが二人で捜しにいこうと話して腰を上げたら、そのとき玄関の戸ががらがらと開いた。

「ただいまァー」

聞こえてきた父親の声に、晃子さんは何か鳥肌が立つような厭な感じがしたという。

襖の陰からそっと覗くと、父親たちは互いにもたれるように危なっかしく三和土に立ち、何やらこそこそと話し合っている。

晃子さんの父親は穏やかで物静かな人だし、おじさんも真面目で優しい人だ。その二人が別人のように下品な顔で笑っているのを見て晃子さんは目を疑った。

妻たちが非難するように何か言うと、それに被せて男のにやけたような声が響いた。

「これまで黙ってたけどなァ、おまえのアソコはおれの婆ァが死んだ後のアソコと同じ臭いがするぞ！　知ってたか！」

晃子さんの父親だった。そう言ってげらげらと下品な笑い声を上げている。

酔っ払ってるんだよね？　と思いながら恐る恐る見ていたら、父親のズボンの下腹部が異様に膨らんでいることに晃子さんは気づいた。

布地が破れそうなほど尖った部分が、何かが内側から突付いているように細かく前後に動いていた。

「うちのやつのアソコはねェ、病気の乞食の臭いですよ、それもゴミ溜めで野垂れ死んでから一週間後くらいの。なァおまえそうだろう？」

肩を並べるおじさんは妻に向かって卑猥なジェスチャーつきでそう喚《わめ》き立てた。

おじさんのトレーナーの股間も山のように張り詰めて上下左右に激しく脈打っている。

妻たちは激しいショックを受けてただ抱き合ってすすり泣いていた。

晃子さんは訳がわからないまま非常におぞましいものだけを感じて気が遠くなった。

薄れていく意識の中で、一緒に覗き見ていた男の子が膝をついて泣きながら敷居に嘔吐しているのがぼんやり見えたという。

昏倒から回復した娘だけを伴って、その夜のうちに母親は自宅に戻った。

父親はしばらく家に帰ってこなかったが、やがて非常にやつれた青い顔をして玄関に現れた。

だが晃子さんの母親は夫を家に上げずにその場で追い返したようだ。

それからは自宅と母親の実家を何度も往復しつつ、時に玄関先で両親が口汚く罵りあう声を聞きながら、母と二人の生活が慌しく過ぎていった。

母親の実家に近いマンションに引っ越してようやく暮らしが平穏を取り戻してきた頃、晃子さんは両親が正式に離婚したことを知った。

母親は周囲に「離婚は夫の浮気が原因」と話していたし、晃子さんに対してもいつしかそう振る舞うようになっていた。

あの晩起きたことは大人になっても母娘の間で禁句のようになっているので、父親たちが遅くまで結局どこで何をしていたのかを母親に訊ねたことはないそうだ。

あの晩の出来事とは無関係に、ただ親戚の家のことを話題にしただけで母親に蛇のように冷たい目で睨まれ、それからしばらく口を利いてもらえなかったこともあった。

父親は再婚して新しい家庭を築いていると噂で聞いているが、どこに住んでいるのかも晃子さんは知らない。

館に置いてきてしまったはずの靴は、何年も経ってからなぜか自宅マンションの洗面台の下で見つかった。

すでに履けるサイズではなくなっていた埃だらけの靴にそっと手をさし入れると、まるで脱ぎたてのように生温かかったという。

はなればなれに

遼さんたちが三人で元旦に初詣に行こうと車を出すと、道がひどく渋滞していた。後部座席に一人でいた遼さんは景色がずっと変わらないせいでうとうとし始めた。気がつくと車は停まっていて、車内には誰もいない。置いていかれたと思った遼さんが慌てて外に出たら、そこは家の近所にある工場跡の空地だった。何でこんな場所に？と訝りつつ振り返ると乗っていた車が消えていた。車があったはずの地面にはチョークで四角く引いたような白い痕跡がある。訳がわからないまま遼さんはそこから歩いて帰宅した。

その頃友人たちは遼さんが車内に携帯電話だけ残して忽然と消えてしまったことで大騒ぎになっていた。渋滞を抜けてスピードを出していたので、遼さんが黙って車外に出たとは考えられなかったのである。

スロット

美弥子さんには顔なじみのタクシーの運転手がいて、車に乗るといろいろな怖い話を聞かせてくれるのだという。

ある日彼は水商売の女性を乗せて明け方、神奈川方面に向けて車を走らせていた。

女性は熟睡しているようだったが、何度も乗せている客なので着くまで声をかける必要もない。

多摩川を越えてしばらくすると、女性の携帯電話が鳴り出した。

こんな時間にかかってくるなんて、お店からなのかな？　そう思いながらミラーを見ると女性はシートに身を沈めていびきをかいており、目を覚ましそうもなかった。

そろそろ留守電に切り替わるかと思っていたとき、着信音が消えて女性の声がした。

「もしもし……」

眠たそうな声がそう言った。

運転手はミラーを見たが、どうもおかしい。

女性はさっきと同じ体勢で目を閉じ、口を開けて眠っている。

依然としていびきも聞こえていた。だがそれと重なってはっきりと女性の声が電話で話しているのだ。

「……うん、……わかるよ、多分あたしもそう言ったと思う。……あの子もそれは」

けだるい声が聞こえていた。

どういうことだろう、運転手は混乱して何度もミラーを覗いていたが、やがて交差点の赤信号にかかった。

車を停めて振り返ると、眠っている女性の隣に、彼女とそっくりだが全体に色の薄い女性が背筋を伸ばして座っていた。

髪型も顔立ちも服装も、コピーしたように似ていて、ただ古くなった写真のように色だけが薄れて実在感に乏しい。

彼女は携帯電話を切ると、運転手をじっと見た。

その両目がスロットマシーンのように黒目をぐるぐると縦に回しているように見えた。

恐怖で身を固くしながら彼はその目に引き込まれ、にわかに頭の中が真っ白になる。

はっと気がつくと、運転手は見知った住宅街に車を走らせていた。

動揺したままミラーを窺《うかが》えば、女性はすでに目を覚ましていて、携帯電話を見つめながらしきりに首をかしげている。

そこからは女性客の住むマンションまでもうわずかの距離だった。

やがて建物の前に車をつけると、無言で料金を払って降りていった。

その後ろ姿を見届け、空になったシートを運転手は呆然と見つめた。

以後も彼は何度か同じ女性を自宅前まで乗せたことがある。

あの晩見たことを運転手が彼女に話さなかったのは、よけいなことを打ち明けて怖がらせては悪いし商売に差し支える、という気持ちも勿論あったが、それだけではなかった。

あのときの〈もう一人〉が今も彼女の隣に座っていて、すべて聞かれているのではという恐怖の方が勝っていたようである。

ぐるぐると縦に回っていた目玉を思い出すと、彼は運転しながら思わず意識が飛びそうになってあわてて自分の頬をはたいた。

そしてさりげなく後部座席に視線を送ったが、さいわい途中で客が二人に増えているようなことは二度となかった。

ただ女性はいつもとても疲れた様子でさかんにため息を漏らしていたし、眠れば寝苦しそうに身じろぎしながら額に大粒の汗を浮かべていたという。

やがて彼女のいる店から、そのタクシー会社に電話が来ることはなくなった。

ミミちゃん

政信さんは以前ある地方都市で二十四時間営業の小さなスーパーを経営していた。

今から八年くらい前の初冬のこと。

深夜にレジに立っていると毛皮や貴金属を身につけた派手な女の人、たぶん五十歳くらいの人が入ってきてきょろきょろと店内を眺め回した。

そして政信さんのほうへヒールをコツコツ鳴らして早足で歩いてくるといきなり、

「うちのミミちゃん見なかった?」

そう言って落ち着きなく店の奥のほうやレジの裏側まで覗き込んでいる。

「ええと、娘さんですか?」

とまどった政信さんがそう訊ねると女はいきなり激昂して、

「犬に決まってるでしょ！　犬！」

バーン！　と紫色のネイルの光る両手でレジ台を叩くと、そのままぷりぷりして店を出ていってしまったという。

苦笑して後ろ姿を見送った政信さんがレジを離れて商品の補充をしていたら、しばらくしてまた入口の自動ドアが開く音がした。

何気なく見るとさっきの女の人が険しい表情でこちらに近づいてくる。

また怒鳴られるのではと緊張して身をすくませている政信さんの前に立つと、別人のようにか細い声で女の人は言った。

「さっきはごめんなさいね。やっぱりミミちゃん見つからないの……」

そして鼻をぐずぐずいわせながらバッグから何かを取り出そうとしている。ティッシュかな？　と思って見ていたら一枚の写真を差し出してきた。

だがそこに写っていたのは犬ではなく、その派手な女の人から化粧を落として四十年以上若返らせたような女の子が微笑んでいた。

とまどう政信さんが何か言う前に女の人は「おかしいのよ、さっきまで一緒にいたのにねえ……」そうつぶやいたが、それは政信さんにではなく自分の手にしている写真に話しかけているようだった。

翌日の深夜もその人は訪れた。

だが今度は一人ではなく、女の子の手を引いていた。昨日の写真の子のようだ。

「ゆうべはお騒がせいたしました」

女の人はそう言って頭を下げ、自分とそっくりな女の子にもお辞儀をさせた。

「全部勘違いでしたのよ、私の」

そう言って女の子の頭を撫でている。

「いなくなったと思ったらそうじゃなくて、家に帰ってたんですってよ。家なんてもうないと思ってたから想定外だったの。知らないうちにミミちゃんもハナちゃんも、クチちゃんもねえ、あんなことになっちゃって顔みたいに」

「はあ」

「誰だってね、顔みたいだって思えば家に入りたくないし。お庭にも穴がたくさんあるから落ちたら大変、怪我するでしょ」

「はあ」

「でもおとといが十五夜だっていうんだからねえ。忘れてたんだからしょうがないけど、全部誰かさんの骨がらみの話だからしょうがないの。二階も三階もなくなっちゃって、ほんと憂鬱《ゆううつ》」

何の話なのかさっぱりわからなかったので、政信さんはあいまいな笑顔で聞いていた。

女の子は退屈し始めたのか、女の人のスカートに首を突っ込んだり、足の間を這ってくぐったりと一人で遊び始めた。

やがて政信さんたちから離れて店内を駆け回ったり、商品を持ち歩いたりし始める。その扱いがけっこう乱暴なので、政信さんは気になって仕方がなかった。だが昨日のことを考えると、下手に子供を注意すればまた女の人がいきなり激昂しかねないと思った。

女の人は子供のことは忘れたかのように、自分の一方的なおしゃべりに夢中になっている。

店内を一周した女の子が戻ってきて、閉まっているレジ台の上に飛び乗って座った。

その横顔を見て政信さんはぎょっとした。

女の子の額《ひたい》から頬《ほお》にかけて、煤《すす》を浴びたように黒くなっていたのだ。

よく見ればそれは煤ではなく皮膚に短い毛が生えているようで、手の甲にも同じように黒い毛が生え、一部は渦を巻いている。

さっき見たときは絶対にそんな状態ではなかったはずだ。思わず政信さんが凝視してしまうと、女の人も視線に気づいて女の子の方を見た。

「ああ、ミミちゃんまた！　どこ行くつもりなのミミちゃん！」

そう声を上げると女の子の手を掴み、ひどくおろおろした様子で左右を見渡している。

「出口はどこ？　出口がないじゃないこの店」

そう女の人が嘆くように言って片手で頭をかきむしった。

政信さんは困惑しつつ、目の前にある自動ドアを指さした。

すると女の人は「ああ、ミミちゃん。わかったから置いていかないで！」と叫んで女の子を立ち上がらせると、ドアの方へ突進した。

女の子のふくらはぎがびっしり黒い毛に覆われているのを、政信さんはそのとき目にしたという。

自動ドアが開いて外の歩道に飛び出たとき女の子は一度こちらを振り返り、

「ワン！」

そう本物の犬にそっくりな声で吠えてみせた。

その顔はすっかり毛の中に埋もれていて、両目が暗がりでぎらっと光るのが見えた。

女の人はそれからもたまに深夜に来店して、トイレットペーパーやドッグフードなどを買っていった。

いつも一人で来て静かに買い物していたが、政信さんはあの晩のことが頭に浮かび、毛むくじゃらの女の子がその後どうしているのか気になってしかたなかった。

だが、怖くてとても話しかける気にはなれなかったそうである。

死んだ息子

典子さんの実家の三軒隣に住んでいる、髪を紫色に染めたセキさんという老婆はご近所の人たちから怖れられている。

ちょっとでも顔見知りなら道でつかまえて息子の自慢話を延々と聞かせるのだという。しかもその息子というのはもう二十年以上前に近くの踏切で列車に飛び込んで亡くなっている。死んだ息子の話を、あの子は中学高校と成績がトップだったとか、別れた亭主に似て男前だとか、手先が器用で家電の故障はたいていあの子が直してくれるとか、まるでまだ生きて同居しているかのように話す。

それだけならまだかわいそうだけど面倒な人で済むのだが、セキさんは一方的に話し続けていたかと思うとふいに視線を遠くにやって、

「噂をすれば何とやらよ、うちの子が帰ってきた」

そう言って死んだ息子の名前を叫びながら手を振り始める。ぎょっとして振り返ると、きまってどこかの野良猫かカラス、鳩などの小動物がこっちに向かって路上をトコトコと歩いてくるところで、その猫なりカラスなりの顔の上にうっすらと、あきらかに死んでいる表情の小さな男の顔がお面のようにぼーっと浮かび上がっているのだという。

あれを見ると本当に生きた心地がしない、夢に見ちゃうわよ、だから最近はセキさんの姿を遠くに見かけたらあわてて引き返すか電柱の陰に隠れるようにしてるの、まったくコソコソして泥棒みたいでいやよねえ。

そう母親は電話口で典子さん相手に散々ぼやいていたそうである。

湖畔のドライブ

「N町にいた頃、たまにドライブするコースに湖畔のまあまあ景色のいい道があったんです。彼氏がお気に入りでそこを走りたがるんだけど、私はあんまり好きじゃなくて、できれば行きたくないって何となく思ってて。いつもは途中で運転を交替して走るんだけどそこへ行くときは彼氏に任せきりで私はなるべく外を見ないように、手元の携帯に集中してました。彼はすごいノリノリで鼻歌なんか歌いながら運転して、しかも運転中に急にサカって車停めて迫ってきたことも何度かありました。馬鹿じゃないの、よその車から見られるだろ邪魔だろ早く車出せってその都度蹴飛ばしてましたけどね。……その彼と別れて半年くらい経った頃、湖畔の森の中で遺体が発見されたんです。死後何年も経過したような白骨で、自殺だったらしいんですけど。見つかった場所がドライブしてた道路から脇にほんの数メートル入ったところで。それをニュースで知ったとき『だからあたしあの道走るのが嫌いだったんだ』ってわかって背筋がぞーっとしたんですよね。腑に落ちたのはその元彼って白衣フェチなんです。私も頼まれてよくナースのコスプレしたりしてたんですけど、遺体の身元がわかったら二十歳の看護学生の女性だったんですよ。ああ、それであいつはあの道にあんなに執着してたのかって妙に納得して……」

黒い腕

丸田さんの家の近くの電柱に、カラスよけとしてカラスの死骸を模したものがぶら下がっていた。夜その電柱の前を通ると、まるで黒い腕が二本ぶらさがってるみたいに見える。わかっていても一瞬どきっとして足がすくんでしまう。

だが家族に話しても模型のカラスが人の腕に見えるというのは彼女だけで、両親も妹も逆さ吊りのカラスにしか見えない、と口を揃える。そんなはずない、だらっと指を垂らした腕に見えるでしょう？　と言いながら丸田さんは自分の腕でその形をまねてみた。

「ぎゃあっ」

そのとき二階の部屋で悲鳴が上がったので驚いて四人が駆けつけると、風邪気味だと言って早めに床に着いていた祖母が布団を頭まで被って震えている。

夢うつつでラジオを聴きながら窓のほうを見ていたら、半分ほど引いたカーテンの陰から人の腕のようなものが突き出して、左右にぶらぶら揺れたのだという。

その腕には、カラスのように黒い羽毛がびっしりと生えていたらしい。

小さい客

仕事の後で同僚とはしご酒をして、三軒目に入ったスナックでのこと。

谷田さんが尿意を催してトイレに行くと、上げてある便器の蓋の陰から何かがちらちらと出入りするのが見えたという。

用を足しながら「鼠かな？」と思って覗き込んだら、たった今まで隣のテーブルで飲んでいた水商売っぽい雰囲気の中年の女性がそこにいたので谷田さんは一気に酔いが覚めた気がした。

ただし女性の大きさは栄養ドリンクの瓶くらいしかない。

黙って腕組みしてじっとこちらを見上げている。その小さな顔が何か話しかけそうなそぶりを見せたので、思わず谷田さんがおしっこを引っかけたら小さい女の人は跳ね飛ばされて便器のむこう側に落っこちた。

そのまま鼠のようにキーキー騒ぎながらどこかに行ってしまったという。

混乱した頭で席に戻ると、隣のテーブルからその中年女性が無言で睨みつけてくる。もちろん元通り人間の大きさだったが、心なしか辺りが小便臭いような気もする。谷田さんは動揺しながらも無視して酒を飲み続けた。

するとその人はテーブルの下から谷田さんの足をがんがん蹴りつけてきた。足の痛さと状況の異様さに耐えられなくなって、谷田さんは同僚を置いてひと足先に店を出た。するとその女性も後を追うようにすぐドアから飛び出てきた。

だが今度はふたたび栄養ドリンクの大きさに戻っていたので、谷田さんが全力で道を走るとたちまち女を引き離すことができたという。

そのまま逃げ切って県道まで出るとタクシーをつかまえ、明け方近くに帰宅した。

店に残してきた同僚に翌日聞いた話では、隣のテーブルの女性は谷田さんが店を出た直後急に大声ではしゃぎ始め、店の人に執拗に絡んだりグラスを落として割ったりと大変だったらしい。

やがて立ち上がってわけのわからないことを早口でまくし立てていたかと思うと、突然昏倒。そのまま救急車が呼ばれ、女性は白目をむいてぴくりとも動かない状態で搬送されていったそうだ。

亀のシール

菊子さんは子供の頃、買ってもらったばかりの自転車をアパート前の道路に止めていたら盗まれてしまった。

ひどく悲しんでいると夢の中に死んだお祖母《ばあ》さんが現れて「○○公園の裏の道にあるよ」と教えてくれた。

よく遊んでいる近所の公園だったので一人で行ってみると、道には女児用の自転車が止めてあったが、盗まれた自転車ではない。

だがサドルに貼られていたシールが以前菊子さんがお祖母さんにもらったかわいい亀のシールと同じものだった。

お祖母さんが新しい自転車をプレゼントしてくれた！　菊子さんは大喜びで鍵のか

かっていなかったその自転車に乗って帰宅した。

嬉々として母親にわけを話すと、

「だめでしょ！　元の場所に返しにいかなきゃ」

そう叱られ手を引かれて玄関を出たが、アパートの駐輪場に止めてきたはずのその自転車が見当たらない。

母親と二人で自転車を捜しながら公園の裏の道まで戻ってみると、なぜかさっき菊子さんが見つけたときと同じ場所に女児用の自転車は止めてあった。

ただサドルに貼られたシールは汚い手でこすったように黒ずんでいて、何の絵なのかさっぱりわからなくなっていた。


母親は菊子さんが夢と現実を混同しているだけと思ったらしく、それ以上叱ったりはせず「菊ちゃんの自転車はおまわりさんが捜してくれてるからね」と慰めてくれたという。

だが菊子さんはもう盗まれた自転車のことはどうでもよくなっていて、〈おばあちゃんがプレゼントしてくれた自転車〉にすっかり夢中だった。

その自転車はいつ行っても公園裏の道にぽつんと止めてあった。

鍵も掛かっていなかったから菊子さんは一人でその自転車に乗って遊び、乗り回した後はまた同じ場所に戻しておいた。

母親に知れるとまた怒られると思い、友達にも見せびらかせないのは残念だったが、雨の日でも傘も差さずに乗りにいくくらいとても気に入っていた。

そのうち菊子さんはあることに気づいた。

サドルに貼ってあるシールが黒ずんで何の絵かわからないときと、亀の絵がはっきり見えるときがある。そして亀のシールになっているときに自転車に乗ると、まわりの景色がいつもとちょっと違って見えるのだ。

たとえば公園裏の道に本当はないはずの大きなお屋敷が沿道に現れたり、公園の木に群がっている鳥の鳴き声が人間の言葉になって「こんにちは菊ちゃん！」「楽しそうだねえ、あたしたちも乗せて！」などと聞こえてきたりする。

そんな不思議なことが起こるのも、亡くなったお祖母さんのくれた自転車に乗っているからだ、と固く信じていたという。

だからその年の夏に母親の実家へ遊びに行き、仏壇に手を合わせたとき菊子さんは心の中でこう唱えたのだ。

おばあちゃん素敵な自転車をどうもありがとう。ママにばれないように大切に乗ってるよ。

すると瞼の裏に生前のお祖母さんの姿がもやもやと煙のように現れた。

だがお祖母さんは眼鏡の奥からこちらを不審そうに窺いながら、手を顔の前でばたばたと振っている。

どうやら「そんな自転車あげてない」と言っているらしい。

そういえば生きていた頃のお祖母さんはケチでお小遣いもくれたことがなかったし、亀のシールはお祖母さんにもらった唯一の物だったから、あんなに印象に残っていたのだ。とても自転車をくれるような人とは思えなかった。

あの自転車はおばあちゃんのプレゼントじゃないってこと?

混乱してよくわからなくなった彼女は次に公園裏に行ったとき、サドルに貼られているシールを剥がしてみた。

黒ずんで絵のわからなくなっていたシールを剥がすと、とたんに自転車は魅力を失い、いったいなぜ自分がそれに執着し乗りたがっていたのかわからなくなった。

しかも全体が錆《さ》び付いてボロボロで、ハンドルは変な位置に曲がったままだしチェーンは切れて地面に垂れ下がっている。

こんな自転車に乗れるはずがない。どうして今までこれを乗り回せたんだろう。

そのときハンドル同様に錆び付いたベルが勝手に「ジョリジョリ」と鳴った。

菊子さんは怖くなって逃げるようにその場を後にした。


しばらくその公園には近寄らなかったが、たぶん二、三ヵ月後に友達とゴム飛びをするために恐る恐る来てみると裏の道にあの錆びた自転車はすでに見当たらなかった。

きっとゴミだから撤去されたんでしょうね、と菊子さんは語った。

自転車のサドルから剥がしたシールは公園の裏門のポールに貼り付けておいたのだが、それからいつ見てもシールは黒く汚れたままで、亀の絵が現れていることはなかったという。

全裸の子

同居している彼女と交代で食事を作っていた友也さんは、その日夕飯の担当だったので仕事帰りに食材を買おうとスーパーに寄った。夕方の混雑時を過ぎて少し落ち着いた店内を見てまわっていると、さっきからちらちらと誰か人に見られているような気がして、視線を向けるたびに人影がさっと死角に隠れてしまう。

警備員にでも見張られているのかと思って腹が立った友也さんが、カゴをその場に置いて足早に後を追ったところ、今度は死角に消える直前はっきりと後ろ姿が見えた。

二つに結んだ髪と丸出しの尻。素っ裸の子供、おそらく小学校低学年くらいの女の子だった。

驚いて追うのを止め、友也さんは商品補充をしていた店員に事情を話した。虐待されている子供かもしれないと疑ったからだが、さして広くない店内を店員とともに見て回ったところ、そんな子供は見つからなかった。他の店員にも目撃している人はいなかったという。

帰宅すると、同居している彼女は何だか熱っぽいと言ってすでに布団に入っていた。薬を飲んでうとうとしている間ずっと夢を見ていたようで、彼女の話ではなぜか素っ裸で近所のスーパーにいて、買い物中の友也さんの姿を見つけて助けを求めようとするが、急に恥ずかしくなって思い止まるということをくりかえしていたのだという。

驚いて友也さんがさっき目撃した子供のことを話すと、彼女も布団から跳ね起きてしばらく絶句していたが、やがて合点がいったというようにうなずいている。

「そうかあたし小学生だったのか、どうりで生えてなかったんだ」

スウェットパンツの紐を緩め、手をさし入れて彼女はそうつぶやいた。

29

F市の新興住宅地には妙なアパートがあるそうだ。二階建てで各階に五部屋ずつあり、右から101、102、103……と部屋番号が割り振られているがなぜか二階の一番左の部屋だけ本当なら205のはずがドアに「29」と表示されている。

その部屋はアパートの大家の長男が以前使っていたようで、裏に回って見上げると今も室内は家具や壁の映画ポスターなど手つかずにされているのが窺える。

というのも長男は十年以上前にこの部屋で自死しており、以来部屋は貸し出された形跡がないのだという。それでも時々不動産屋が内見の客を連れて来たり、不動産屋で鍵を渡された客が一人で部屋へ入っていくところなどを見かけることがあった、と近所に住む大工の和彦さんは語る。

あるとき和彦さんの知人の職工U氏が引っ越し先を探していて、たまたまそのアパートの「29」室にも内見にいったという話を和彦さんは耳にした。どんな部屋だったんですか、と興味津々で質問するとU氏は「うーん」と唸って言葉に詰まっている。

「よくわかんないんだよね、すぐに入れるっていうから見にいったのに前の住人の荷物そのままだし」

「あれは大家の死んだ長男のものらしいですよ」

「そうなの？　でも住人まだ部屋に居座ってたよ」

「えっ」

「隅の方にこんなになって座ってて」

U氏は胎児のようなポーズを取った。

「なのに不動産屋は『あれは人形です』って言い張るんだよ。でも動いてるしさ、なんかウーウーン唸ってたよ苦しそうに。そう指摘したら『そういう人形ですから』ってすまし顔で言うんだよ。でもさあ、そもそも人形があることじたいおかしいでしょ？　べつに人形でも何でもいいから部屋から片付けといてくれって話だよ、ありぁあ最初から貸す気ないいね」

部屋にいたのが人形なのか人間なのか、その点に食い下がろうとした和彦さんにU

氏は「どうでもいいよそんなの、どのみち借りれない部屋なんだから」と素っ気なかった。

ちなみにそのときの不動産屋は大家の親族が経営している会社だそうである。

女医さん

古賀さんは二十代の頃、知人の制作した自主映画で頼まれて女医さんの役を演じたことがある。

撮影の合間にトイレに行こうとして、撮影場所として借りていた会議室を出て地区センターの廊下を衣装のまま歩いていたら、階段のほうの死角からふと現れた腰の曲がったおばあさんにいきなり裾を掴まれてしまったという。

「ねえ先生もう家に帰ってもいいでしょ？　今度の木曜日が孫の誕生日なんですよ、十歳になるんです、とっても歌の上手なかわいい女の子でねえ」

古賀さんは初めはぎょっとしたが、すぐに認知症の老人が白衣の彼女を見て、本物の医者だと思い込んでいるのだということに気がついた。

このおばあさんがかつて入院していたとき、自分に似た女医さんが担当だったことがあったのかもしれない。そう思った古賀さんは取り縋るおばあさんをなだめながら、周囲にきっと連れの人がいるはずだと視線をめぐらせた。

だが無人の廊下にはおばあさんの「先生、お願いだから帰らせてくださいよう」という懇願が響くばかりで、どちらからも人はやって来ない。白衣の裾をがっちり握られて放してもらえず、その場から身動きできない古賀さんはトイレのほうも限界に近くなって困り果てていた。そこで思わずおばあさんに向かって、

「ええ、もう家に帰っていいですよ」

女医さんになりきってそう言葉を返してしまったのだという。

するとおばあさんの顔から険しさと不安の刻まれた眉間のしわがすーっと消えて、なんとも言えない穏やかな表情になると、古賀さんに向かって深々とおじぎをした。

そのまま目の前でおじきをしている形のおばあさんの姿が薄れ、煙のように消えてしまった。


映画が完成すると、古賀さんは上映会で観た後、さらにビデオをもらって家でくりかえし何度も観直した。

どこかにあのおばあさんの幽霊が映っているのではと半ば期待し、半ば恐れたのだが、それらしい映像は見つからなかったそうだ。

山の城

宗次さんの地元に、E山という標高二百メートルほどの小さな山がある。

この山の南側の斜面はある企業が所有しているらしく、地図で見ると研究所や保養所などが点在していた。

そうした建物の一つ、頂上に近いかなり目立つ位置にまるでお城のようなメルヘンチックなデザインの建造物があった。

下の道路からもよく見えるのだが、地図には情報が載っていなかった。

単独で見るとまるでラブホテルのようだが、そんな場所にあるのが変だし、そもそもその建物へ行くための道がよくわからない。

おそらく公道には面していなくて、企業の敷地内を通らなければたどり着けないのだろう。

いったいあれは何なのだろうと宗次さんたちはよく噂をしていた。

Ｅ山の頂上にはちょっとした公園のような場所がある。

そこからならもしかしたら、あの城のような建物に近づく方法があるかもしれない。

あるとき宗次さんたちはそう考えて、免許を取りたての友人の運転する車で週末の夜、Ｅ山へと向かった。

山道では他の車にまったく出会わないまま、やがて頂上に着いた。

駐車場に車を置いて、宗次さんたち四人は公園を南へよこぎっていく。

たぶんこのあたりの方角だと意見の一致した林の中へ、足を踏み入れた。

だが懐中電灯以外何の準備も装備もない彼らは、足元の悪さに音を上げてたちまち引き返してきたという。

懐中電灯の光を振り回して、どこかに林を抜ける道がないかと、園内をしばらくうろついていたときのことである。

宗次さんは、少し離れた場所に人が立っているのに気づいた。

きっと夜景でも見ようとドライブに来て、公園に立ち寄ったカップルだろう。

宗次さんたちは急遽予定を変更した。

カップルのいちゃつきを覗いてやろうと思ったのだ。気づかれないよう灯りを落とすと、息を殺して忍び足で近づいていった。

だが距離を詰めてみると、人影はどうやら一人だけのようだ。

こんな場所に夜中に一人で来る目的がよくわからない。

互いに目配せして首をかしげながら、彼らはもう少し近くまで寄ってみた。


その人が立っているのは小さな公衆トイレの手前で、近くに街灯が立っている。

位置的に光が当っているはずなのに、なぜか真っ黒な影のようにしか見えなかった。

「あれ、なんかおかしいぞ」

誰かが言った。

「あの人、上と下がつながってないだろ」

実は宗次さんも、ちょうどそれを言おうと思っていたところだった。

その人影は全身が真っ黒なのに、なぜかへその位置あたりに隙間があるのである。

そこから向こう側の光が漏れている。

どう見ても上半身が浮かんでいて、下とつながっていなかった。

「やばいよ、もう帰ろうぜ」

震える声で誰かが言う。

だが駐車場に戻るには、トイレのすぐ近くを通らなければならない。

林の中をむりやり通り抜けるという手もあるが、足元が悪いし、草や枯れ枝を踏む音がするから相手に気づかれそうで怖かった。

そこで一人が、林と反対側を指さして声を出した。

「こっちに道があるぞ」

見れば方向は駐車場とほぼ逆だが、公園を周回する歩道の入口のようにも見えた。

だとすればぐるっと大回りして車の傍に出られるかもしれない。

宗次さんたちはその細い道へと進んだ。


しばらく歩くと道は下り坂になった。

不安だったが、ほかに道はないからそのまま前進し続けた。

すると急に視界が開け、目の前に大きな建物が現れた。

それは本来の目的地だった、あのお城のような建物だった。

「おかしいだろ方向が。何でここにあるんだよ」

そう誰かが苛立《いらだ》った声で言う。

「いや、おれらが方向間違ってたんだろ。むしろここを基準にすれば車に戻れるだろ」

宗次さんはそう言って自分の懐中電灯を城に向けた。

近くで見ると、想像していたのとは様子の違う奇妙な建物で、あきらかにホテルなどではない。

建物というより、公園にある滑り台の城のようなつくりだった。窓も見あたらないようだ。

だがそれにしては巨大で、麓の高速出口付近にあるラブホテルの建物と同じくらいの高さがあった。

懐中電灯で付近を照らしながら、宗次さんたちは城の周囲を歩いた。

城に階段があったので光を向けて見上げると、すぐに行き止まりになっていた。

突き当りの壁にも途中にもドアのようなものはなく、何のための階段かわからない。ほかに入口のようなものは見あたらず、まもなく元の位置に一周してしまいそうだった。

だがそこで宗次さんたちは、来た道とは別の歩道が林の中へのびているのを見つけた。

誰からということもなく、何も言わずに彼らはその道へと進んだ。

道は徐々に上り坂になり、やがて駐車場の端に出ることができた。

車を出口へと回していくとき一瞬公衆トイレの間近を通った。

街灯の下には誰もいなかったという。

後日、宗次さんたちは昼間もう一度E山の公園に来てみたが、あのときと同じ道を見つけて進んだはずなのに、城のような建物の前にはどうしても出られなかった。

その道は途中でぷっつりと尽きていて、行き止まった先にはハロウィンのランタンをつくりかけたような穴だらけの大きな橙色の南瓜が、地面に三、四十個は転がっていた。

ちなみにその日はハロウィンにはほど遠い六月下旬だったそうである。

渡るな！

清掃作業員の真坂さんは踏切を渡っていたらむこうから自分とまるきり同じ服装、背格好も同じだけどなぜか頭部のない男が歩いてくるのを見たことがある。

そいつは全身を使ったジェスチャーで〈渡るな！　今すぐ戻れ！　引き返せ！〉と訴えていたので、真坂さんがあわてて踏切を元来た方に駆け戻ったところへスキー場帰りで居眠り運転のワンボックスカーがちょうど横から飛び込んできて、衝突。線路沿いの柵に跳ね飛ばされた真坂さんは両手と頭蓋骨を骨折する重傷を負い、右目を失明した。

「いくら自分だからって首のない奴の言うことなんて信じちゃ駄目」とは真坂さんの弁。

らくだ屋

らくだ屋って呼ばれてる駄菓子屋が近所にあったんです。

本当の店名は誰も知らないんですよ、とくに看板も出てなかったですから。店番の婆さんの顔が駱駝《らくだ》にそっくりだったから自然とみんなそう呼んでたわけです。

でもある日突然店が取り壊されて、跡地にコンビニが建ったんです。

噂では婆さんが死んだんじゃないかって話でしたけど。

行きがかり上その跡地のコンビニのほうもらくだ屋って呼ばれてました。

子供だったんで前の店との関係とか、オーナーが誰とか知らなかったし、興味もなかったんですけど。

ええ、おれはその当時小学生だったんです。

コンビニの方のらくだ屋にも、ジュースやお菓子買いにわりと頻繁に出入りしてました。

おれはもともと駄菓子にあまり興味なかったから。当たりくじ付きの菓子とか、そんなの子供だましだって思ってるようなところあったから、コンビニのほうが全然いいやって思ってたんですよ。

でもその頃つるんでた、幼馴染のフジくんなんかは「こんなのらくだ屋じゃねえ」ってすごく不満顔でしたね。

でも近所に他に選択肢がないから、フジくんもコンビニのらくだ屋を利用してるんです。

それで店の前で麦チョコとか食いながら、

「ああ昔の本当のらくだ屋にまた行きたい」

なんて悲しそうにつぶやいてました。

考えたらフジくんはらくだ屋の婆さんと仲よかったんですよね。彼はお母さんが結構年いってから生まれた子で、そのお母さんとも何か訳あって別に暮らしてたみたいだから、そういうのも関係あったんだと思う。

それで「こんな偽物のらくだ屋！」って言いながら腹いせみたいにコンビニの壁を蹴ってたんですよ。

そしたらフジくんが蹴るたびにチリリン、チリリンって鈴の音がしたんです。

それは駄菓子屋だった頃のらくだ屋で、入口のガラス戸を開けたときに鳴る鈴の音とそっくりでした。

びっくりしてまわりを見たけど、どこからその音がしたのかわからない。コンビニは自動ドアだし、もちろんそんな鈴なんてついてませんから。誰か通行人のバッグとかから、たまたま似た音が聞こえたのかな？　と思ったんですけどそれらしい人も近くにいないしよくわからない。

フジくんもキョトンとした顔で周囲を見回してましたが、何か気づいたような顔になって壁に向き合うとまた蹴り始めました。

がつ、がつ、がつ。

チリリン、チリリン、チリリン。

蹴るたびに同時に鈴の音が聞こえたんですね。

フジくんはもう満面の笑顔になっちゃって。「らくだ屋の鈴だ！」って言いながら何度もくりかえし店の壁を蹴っていました。

おれも試しに蹴ってみたんですよ。でもおれが蹴るとなぜか鳴らないんです。ちょっとむきになって何度も、場所も変えて蹴ってみたけれど一度も鳴らなくて。なのにフジくんは店の壁ならどこ蹴っても鈴の音が聞こえてくるんですよね。

これはどういうしくみなんだろう、って二人で知恵を絞ったけれど全然わからなかった。フジくんの持ち物が鳴ってるんじゃないかと思って、ポケットの中味もみんな出して、帽子も靴も脱いで蹴ってたけどやっぱり鈴の音がする。でも壁を蹴らないでただその場で跳ねたり暴れたりしても音はしないんです。

だからどうしてなのかわかんないけど鳴ってるのはらくだ屋で、しかも昔の駄菓子屋の扉の鈴なんだっていうことになりました。何かこう、時空を超えて昔の鈴が鳴ってしまってるというか……少なくともフジくんの中では完全にそう結論出してたみたいです。

婆さんが駱駝に似てたかららくだ屋になった、って話はしましたよね？

フジくんはその日鈴の音を聞いてから、コンビニの悪口を言わなくなったんですよ。

ここも変わり果てたけどたしかにらくだ屋なんだな、過去と繋がってるんだなって彼の中で折り合いがつけられたみたいで。

駄菓子屋時代と同じように、また彼もニコニコして通うようになったんです。

そしたらフジくんの顔が、その頃からだんだん駱駝に似てきたんです。

正確にはたぶん、らくだ屋の婆さんに似てきたってことなのかな。元は全然似てるなんて思ったことなかったのに、いつのまにか腫れぼったいまぶたとか、長い睫毛とか、鼻の下の長いところとか、全体に婆さんと同じ駱駝顔になってきたんですよフジくん。

学年の終わり頃にはほんと、フジくんのこと知らない上級生なんかも廊下で振り返って、

「今のやつ駱駝に似てなかった？」

なんて言いながらわざわざ確かめにくるくらいでしたから。

本人はそのことがべつに嫌なわけでも、気に入ってるわけでもないみたいでしたね。駱駝に似てるねって言われても単に聞き流してるっていうか、あんまりそのことに関心がない感じで。

だいたいまわりのこと全般にあまり関心がない様子で、いつもちょっとぼんやりしてる感じだったんで、「あれ？　フジくんってこんな感じの奴だったっけな？」と思って以前のこと思い出すんですけど、前のフジくんだったら確実に怒ってたと思うんですよね。らくだ屋がコンビニになっただけであんなに怒ってたくらいだし、どっちかというと神経過敏に反応するタイプ。それがいつのまにかそんなふうに変わってた。

でも何を言われても反応が薄いフジくん、っていう現実におれもいつのまにか馴染んじゃってて。それがまったく自然に思えるくらい、結局顔が変わってたってことだと思います。駱駝顔にぴったりな、駱駝みたいな性格になってたっていうか。逆に言うと元のフジくんのことをみんな忘れかけてたんだと思う。

ある日遠足のときの写真を誰かが学校に持ってきたんですよ。それをみんなで眺めながら、ふと「誰だこいつ」って指さした子がいて、でも誰もわからなくてしばらく侃々諤々、みんなで議論したんですよ。

「心霊写真じゃないか？　いない人間が写ってしまったのでは」

なんて極端なこと言う奴までいて。

その議論の輪の中にフジくんもいたんですよね。

それでみんな腕組みしてうーん、なんて言ってるときにぽつりと、

「もしかして、これっておれじゃない？」

ってフジくんがつぶやいたんです。

それが今まで遠慮して言わなかったとかじゃなく、本当に気づかなかったっていう言い方だったんですよ。たぶんフジくん、自分でも元の顔を忘れかけてたんじゃないかな。

だけどみんな写真とフジくんを見比べて「全然違うよ」なんて言って相手にしない感じの反応だったんですね。

そんなこともありました。

学年が上がって、クラスが変わってからはあまりフジくんと遊ばなくなったけど、それでもコンビニに行くと時々会うことはありましたよ。

そうそう、あの後コンビニはオーナーが変わったらしくて、中味も別のチェーンのコンビニと入れ替わったんですよね。

そしたらなぜかフジくんが壁を蹴っても、鈴の音が聞こえなくなったらしくて。ええ、あれからもずっとらくだ屋に行くたび壁蹴って、鈴の音を聞くのが彼の日課みたいだったんです。それがいったん閉店して店が替わって再オープンしたら、もう鳴らなくなってたらしいです。

看板と内装変わっただけで建物は同じなのに何度蹴っても駄目。ただ壁を蹴る「がつ、がつ」っていう音がするだけなんです。

それをおれにやってみせてから、フジくん壁にもたれてため息ついて、

「ついにここもらくだ屋じゃなくなっちゃったんだな……」

なんてアンニュイにつぶやいてました。

実際おれたちその頃にはもうコンビニをらくだ屋って呼ばなくなってましたからね。普通に××××ってチェーン名で呼んでました。

結局、残ったのはフジくんの駱駝顔だけだったんですよ。

ノイズ

真紀さんは夫の隣で寝ていると、見ている夢の景色に映りの悪いテレビ画面みたいなノイズが入って乱れることが時々あるという。

変な話だがノイズが入ると「夢に集中できない」感じがしてすぐに目が覚めてしまうそうだ。

そのとき夫をむりやり揺り起こしてどんな夢を見ていたかを訊くと、内容は様々だが必ず真紀さんが夢に出ていたと答える。

真紀さんの夢を見ている夫の横で眠る真紀さんの夢には、べつに夫が出ていたわけではない。

だが確認しているかぎりそのとき真紀さんの夢には百パーセント、謎のノイズが入っているのだ。

だから両者の間にはきっと関係があるのだろう。

いったいどういう理屈でそんなことが起きるのかは不明だが、真紀さんはこれを夫婦関係が円満である印だと解釈しているようだ。

ちなみに覚えているかぎり真紀さんは夫の出てくる夢を見たことがないそうだ。

結婚前から八年のつきあいの中でただの一度も、である。

また外出時などふいに鉢合わせて声を掛けられると、相手が夫だとしばらくわからないことがあるという。

逆に夫は真紀さんの姿を見たり声を聞かなくとも、たとえば雑踏の中で百メートルくらい先を歩いている妻に気づくこともあるそうだ。

この不思議な非対称とノイズの件も、何か関係がありそうである。

蚊

拓さんが昼下がりのアパートでテレビを見ていると、玄関のチャイムが二度鳴らされた。誰だろうと様子を見にいったが、ドアは開けなかった。

荷物が届く予定はないし、連絡もなく訪ねてくる者もいないはずだ。残るはＮＨＫの集金か新聞の勧誘くらいだろう。念のため通路に面した浴室の窓から窺うと、制服のようなものを着た人影が立っている。郵便配達だろうかと思ってあわててドアを開けると、そこにいた男の服はたしかに似てはいるが郵便屋の制服ではなかった。しまったと思い、すぐにドアを閉められる体勢で「何でしょう」と拓さんは言った。

男は汚い帽子からはみ出ている髪をいじりながらしきりに恐縮していた。

胸ポケットのところに金色の文字で〈蚊《か》〉と刺繍されている。どういう意味だろう。何か言いそうになったのでじっと顔を見ていると、男はまた口を閉じてしまう。そしてポケットに手を入れてごそごそしているので、何を取り出すのかと思って見ていたら、出てきた手のひらは手ぶらだった。

「何かの勧誘ですよね？　どっちみちいりませんから」

拓さんは冷たくそう言い放ってドアを閉めた。腑《ふ》に落ちない気分のまま玄関を離れようとしたところ、ドアノブをがちゃがちゃと回す音が聞こえてきた。

これには拓さんも驚いてしまった。ちゃんと鍵を掛けておいてよかったと思うが、それにしても腹が立つし気味が悪い。ドアノブはしばらくがちゃがちゃ鳴り続け、やがて静かになった。恐る恐る風呂場の窓を覗きにいくと、玄関前にはもう誰もいないようだ。

それでも用心して、拓さんは夕方バイトに間に合うぎりぎりの時間まで部屋にいて、玄関を出るときも周囲の確認を怠らなかった。

仕事が終わって駅の改札を出ると、ちょうど終バスがロータリーに停まっていた。駆け込んだ背後でドアが閉まり、バスが発車する。

吊り革に体重を預けるようにして、拓さんは揺れに身を任せる。

いくつかバス停を通り過ぎたところで窓越しにちらちらと目が合う客がいることに気づく。

帽子をかぶり制服を着た、昼間訪ねてきた男だ。

拓さんは顔からすっと血の気が引くのを感じ、視線を落とした。

その直前、男の胸ポケットの刺繍が目に入った。

拓さんは違和感をおぼえた。

もう一度窓に目を向けると、混雑した客の隙間からその男の姿が見え、胸ポケットの〈蚊〉という文字が見えた。


窓に映っているのに、鏡文字になっていない。


思わず後ろを振り返るが、男の姿は見当たらなかった。

窓に視線を戻すと、あの男は気弱そうな目で拓さんを見て会釈をした。

胸にはなぜか反転していない〈蚊〉の文字。

もう一度振り返る。

そこにいないとおかしい位置には、やっぱり誰も立っておらず、無人の吊り革が揺れていた。

拓さんは降車ブザーを押した。

ちょうど通り過ぎようとしていたバス停にぎりぎり停車し、ドアの開いたバスから拓さんは転がるように地面に降りた。

そして動き出したバスが建物の陰に見えなくなってから、ゆっくり歩道を歩き始めた。

アパートまではまだだいぶ距離があったが、拓さんはあのままバスに乗っている気にはなれなかった。

歩いている間、季節外れの蚊に首筋や手を七、八ヶ所刺された。

狂ったように掻き毟りながら、四十分以上歩いてアパートにたどり着いた。

玄関前にあの男が先回りして待っているのではと正直不安だったが、幸い誰もいない。

部屋に上がるとさっそく虫刺されの薬を探して塗りまくった。

メントールの匂いに包まれひと息ついていると、玄関のチャイムが二度鳴った。

拓さんはひどくがっかりしたような気分と、言いようのない気味の悪さを感じながら立ち上がった。

浴室の窓から覗くと、通路の共用灯に照らされて見覚えのある帽子が見える。

やっぱりあの男だ。

拓さんは部屋の中をぐるぐると落ち着きなく歩き回った。

どうすればいいのかわからない。

チャイムは何度か鳴らされて、今ではドアノブをがちゃがちゃ回す音が聞こえている。

ふと拓さんは思いついたことがあって、クローゼットの中を漁《あさ》った。

整髪剤の容器やゲームソフトが無造作に転がる床から、一つだけ残っていた緑色のうずまきを拾い上げる。

台所のガステーブルで先端に火をつけると、大きめのマグネットクリップに挟んで玄関に持っていった。

がちゃがちゃと乱暴に回されているドアノブにクリップを貼り付けた途端、ノブはぴたりと静かになった。
浴室の窓から窺うと、玄関前の人影は消えていた。
はたして蚊取り線香の効果があったのかはわからない。
ともかく朝まで部屋の静寂は保たれたという。

それから半年後に引っ越すまでの間、拓さんは部屋にいるときは真冬でもつねに蚊取り線香を焚き続けたそうだ。

遺影の人

祐二さんが大学の近くの店で友達の迫田と飲んでいたら冷たい風が入ってきて、何だろうと見ると入口のところにニット帽をかぶった貧乏な劇団員みたいな格好の女の人が立っていた。

体の前に黒縁の額に入った大きな写真をこっちに見せるような向きに抱えている。遺影を持つスタイルだが、その引き伸ばされたカラー写真にはちょっと太めの全裸の女性が襖《ふすま》をバックに写っていた。

その女の人が戸口に立ったまま動かないから、自動ドアが反応したまま閉まらず木枯らしが店内に吹き込んでくる。客たちは迷惑そうな顔で女に目を向け、抱えている写真を見てぎょっとして目を逸らしたりしていた。

やがて店員が近づいていくと女はくるっと背を向けて店から出ていった。苦笑を浮かべて戻ってくる店員を見ながら祐二さんは「やばいのが来てたなー」と迫田に話しかけたが、なぜか迫田の反応は鈍い。よく見ると箸を持った手を空中で意味もなくぐるぐる回したりと挙動がおかしく、何かひどいショックを受けているようだったという。

落ち着かせて話を聞くと、今の女が抱えていたヌード写真は迫田が数年前につきあっていた女の写真で、迫田自身が女の部屋でふざけて携帯で撮ったものだというのだ。

だが写真は被写体にした彼女以外に見せていないし、写真を抱えていた女に見覚えはないという。

そう言いながら迫田は携帯をいじりはじめて、しばらくすると「まだあった」と言って画面を祐二さんに向けた。

そこにはさっきの女が抱えていたのと同じヌード写真が表示されていた。

自分でもしばらくじっと画面を見つめた後「やっぱりきれいだよな」と迫田はぽつりとつぶやいた。

それからしばらく飲み直していたが、迫田はまた落ち着かない様子を見せ始めた。やっぱり気になるから後を追いかけてみる、と言って急に立ち上がると迫田は走って店を出ていってしまった。

追うと言ったって、写真を抱えた人が立ち去ってから三十分は経っている。

祐二さんは納得がいかないまま迫田が戻るのを待ち続けたがやがて閉店の時間になった。しかたなく迫田の分も払って外へ出ると、暗い路地に人が蹲っている背中が見えた。

酔っ払いだな、と思って避けて通ろうとしたら「まったぁ、ほんっとにみつこさんいじわるだなぁ」と鼻にかかったような声がその酔っ払いから聞こえた。

それが迫田の声だと気づいた祐二さんが驚いて声をかけると、人影は首をねじってこちらを見上げた。

たしかに迫田の顔のようだが、顔のパーツが全体に不自然に真ん中に寄っていた。そしてもともと角ばっていた顔がさらに四角くなっている上に、なぜか輪郭がふちどられたように黒い影になっていたという。

まるで顔そのものが額縁に入っている写真みたいに見える。

祐二さんは意味のわからない恐怖を感じ、その迫田らしき男を残したまま走り出した。背後から名前を呼ばれたが無視して、ひたすら駅前の人込みを目指した。


それから迫田は大学に来なくなり、連絡も取れなくなってしまった。

アパートの部屋を訪ねた別の友人の話によると、玄関ドアは獣が爪を立てたように傷だらけで、郵便受けから赤ん坊に着せるような小さなピンク色の服の袖が垂れ下がっていたそうである。

祐二さんが訪ねたときはもう違う人が入居してドアも新しくなっていた。

気になって、祐二さんは迫田がつきあっていたというあの太めの女性を捜し始めた。

だが迫田の友人関係に聞いて回ってもみんなそんな女のことは知らないと言うし、高校時代から迫田をよく知っているという男性は「あいつに彼女がいたなんて話聞いたことがない」と首を振った。


ふとあの晩迫田らしい酔っ払いが口にしていた言葉を祐二さんは思い出し、

「もしかしたら〈みつこ〉という名前の人かもしれないです」

そう男性に告げると、

「たしかあいつのお姉さんの名前が〈みつこ〉じゃなかったかな……」

男性はそう言ってから、何か厭なことに気づいてしまったように顔を曇らせた。

祐二さんの脳裏にあの晩見た〈遺影〉のヌードの女性の顔がよみがえる。

言われてみればたしかに目元あたりが迫田とそっくりだったような気がしてきた。

ちなみにお姉さんはその数年前にすでに亡くなっていたそうだ。妻子ある男性の子を身籠ったまま実家の庭の木蓮の枝で首を吊ったのだという。

西瓜

地元の子供会の集まりで西瓜《すいか》が振る舞われたとき、列に並んでいる子供たちの中に知らない顔が一人混じっていた。

夏休みでどこかの家に遊びに来てる親戚の子かな？　そう思って優子さんは、その大人しそうな顔の男の子に後で話しかけてみようと思った。

だが西瓜を齧りながらさっきの男の子を捜したが見つからない。

まわりの子に訊いたけれど、誰に訊ねても知らないと言われるので、優子さんは公民館の建物の周囲をぐるっと回ってみたけれどやはりいない。

もう帰っちゃったのかなと首をかしげていたら、表の道路で急ブレーキの音が響いた。

驚いて駆けつけると、トラックを降りたドライバーが車体の下を不安げな顔で覗きこんでいる。

そこには小さな血だまりの上にうつ伏せに倒れた、老猿らしい灰褐色の背中があった。

猿の亡骸の傍らには、なぜか西瓜の切れ端が一枚落ちていたという。

街の祠

佐智子さんが真夏の外回り仕事で汗だくになり、チェーン系のカフェでひと息ついていたら入り口のほうが騒がしくなった。

若い女性が数人と、それより多い数の子供たちが見える。

どうやら全員が固まって座れるだけのテーブルが確保できないらしい。佐智子さんは声をかけて彼らに席を譲り、自分はカウンター席のほうに移動した。

ほとんど氷だけになったアイスティーを啜りながら横目で見ると、子供たちの何人かは暑さでぐったりしているのか、椅子の上で寝ているように見える子もいた。

母親たちはバッグからノートを取り出して互いを指さしながら何やら確認しあっている。

子供たちの疲弊ぐあいと比較して妙にみんな元気で声も大きかった。

ほんの十分ほど滞在しただけで席を立ち、ぞろぞろと店を出ていったという。

それから二時間ほど経って日が傾いた町を佐智子さんが駅に向かって歩いていると、さっきカフェで見かけた集団がむこう側の歩道を列をなして近づいてくるのが見えた。店で会ったときと違って、今では子供だけでなく大人もぐったりしており、目がガラス玉のように虚《うつ》ろだ。

彼らが道を曲がっていくのを見た佐智子さんは、つい気になって後をつけていってしまった。

住宅街の中にぽつりと緑の残る一角があって、集団は草の中に踏み入っていく。奥に小さな古い祠《ほこら》があるのが見えた。

大人たちはノートを開いてそこに書いてあることと祠とを見比べるような動きをして、それから手刀をつくって互いの胸の辺りに向け、何かぶつぶつ言いながら振り下ろしている。

何か宗教的な行為なのかな？　そう佐智子さんは好奇心に駆られて見つめていた。

母親たちの奇妙な行動を子供たちは行儀よく並んで眺めている。

大人の誰かが低い声で「東西東西、南北南北」と言うのが聞こえてきた。

それから続けて「浴びせて！」と声を張り上げたという。

すると何人かの子供が地面にしゃがみ込み、残りの何人かは立ったまま祠のまわりに集まった。

しゃがんでいるのは女の子で、立っているのは男の子らしい。

やがてちょろちょろと草を叩く水音が聞こえ始めた。

子供たちはその古い祠に向かって全員でおしっこをしていた。

祠の表面が尿で濡れて見る見る色が変わっていく。

「もう出ないよう」

そう泣き言を言っている子供もいる。

佐智子さんはわけのわからないおぞましさを感じ、しびれたようになってその場から動けなかった。

やがて母親の一人がじっとこちらを見ていることに気づいたという。

口元に笑みを浮かべ、目を大きく見開いており、表情には異様なまでに善意がみなぎっている。

その母親が右手をふっと上げて、佐智子さんに向かって「おいでおいで」のしぐさをした。

佐智子さんは服の下まで一面に鳥肌が浮いたのを感じ、よろよろと後ずさって祠が見えなくなる場所まで下がると、一気に駆け出した。


ひと月後にまた仕事で同じ町を訪れたとき、佐智子さんは勇気を出してあの祠のある場所へ行ってみようと思った。

だがさして広くない住宅街をいくら歩き回っても緑地が見つからず、当然のことながらそこにあるはずの祠は見つけられなかった。

あきらめてあの日と同じカフェで休んでいたら、テーブルの横に誰かがすっと立ったので、見上げると若い女性のようだ。

「お待ちしておりましたのよ」

そう言いながら女は向かいの椅子に勝手に座ってしまった。

その顔が一ヶ月前佐智子さんに向かって「おいでおいで」をしていた人であることに気づいてさっと血の気が引いた。

固まっている佐智子さんの両手を女は包み込むように握ると、

「あなたには来てもらえると信じてましたわ」

じゃあ一緒に川に向かいましょうか、これ以上カンドウイギニ様を濡らして待たせておくわけにいきませんからね。

そんなようなことを早口でささやいて女が立ち上がった。

店の出口からガラス越しに見える歩道に、子供たちと母親とがずらりと並んでこちらを見ていたという。

全員が右手を上げて「おいでおいで」のしぐさをしていた。

女は佐智子さんの手を引いて出口のほうへ歩いていこうとする。

佐智子さんは頭の中が真っ白になって、どうすればいいのか判断できなかったが体が勝手に頑として立ち上がることを拒んでいた。

椅子に縛り付けられたように一ミリも動かない佐智子さんを見て、女はちっと小さく舌打ちするとすたすたと一人で出口に向かった。

すると店の前の道路に奇妙な装飾の車が一台停まった。霊柩車をひと回り大きくして派手な電飾まで付け足したような車に、さらに選挙カーのように屋根に看板が取り付けられ見覚えのある名前がそこに書かれている。その名前は二十年くらい前に自殺した国会議員と同姓同名だった。手招きをしていた人たちは一斉に手を下ろし無表情になり、ぞろぞろと車に乗り込んでいった。

最後に女を乗せると車はすぐに発進した。死んだ政治家の氏名の、ウグイス嬢による連呼が昼下がりの町に遠ざかっていった。その声が完全に聞こえなくなると、佐智子さんの頬にぽろぽろと涙がこぼれてきた。そのまま泣き続け、しまいにはテーブルに突っ伏して号泣し、店員が心配して声を掛けてくるほどだったという。

大人になってからあんなに泣いたことはほかにないです、と佐智子さんは言う。だがどうして泣いたのか、悲しかったのかどうかさえ思い出せない。

まるで両目が何かの通り道になってしまったかのように、ひたすら涙が止まらなかった。

そういう奇妙なことを六年前の夏に、佐智子さんは経験したのである。

びわ湖

十二、三年前だから独身で神奈川の自宅に両親と住んでいた頃だという。

貴一さんが深夜にタクシーで家に向かっていたら、妙に目立つ白い看板が窓の外を通り過ぎた。

一瞬のことだったが看板には大きく縦書きの楷書体で〈びわ湖〉と書いてあり、それ以外は空白だったように見えた。

何だったんだあれは？　と非常に気になったが車をわざわざUターンさせて確かめるようなことでもないし、そのままになったという。

それから半年ほど経った深夜、ひさしぶりに終電を逃しタクシーで自宅に向かっていた貴一さんは「そういえばあの妙な看板はこの辺りにあったたな」と思い出して窓の外を注視した。

やがてタクシーは白い看板の前を通り過ぎたが、縦書きの〈びわ湖〉という字の下に少し空けて〈2〉と書かれているのが見えた気がした。

この間はなかったはずだと首をかしげていると、初老の運転手が突然「お客さん、いくつでしたか？」と話しかけてきたという。

返事に詰まっていると運転手は続けた。

「数字があったでしょう、いくつでしたか？」

動揺しつつ貴一さんが思わず「2だったけど」と答えると、

「ははあ」

運転手は前を向いたまま何度かうなずいてみせた。

「じゃあ、そろそろ見ないほうがいいですよ」

それだけ言うとまた黙ってしまう。

しばらく沈黙が続いたのち、

「もっと見た人を知ってますよ、同業者ですけどね」

運転手は小声でぽつりと付け足した。

「それで？」

厭な胸騒ぎをおぼえつつ貴一さんは続きを促した。

「4まででしたね。その次はなかったんです」

運転手の声が淡々と響く。

「なかったってどういうこと？」

貴一さんは自分の声が上ずるのを感じた。

だが聞こえなかったのか、運転手は黙っていた。

窓ガラスにぽつぽつと雨粒が当たり始めた。

「いったい何なんだあの看板は」

貴一さんは独り言のようにつぶやいた。

そのときカーラジオの音量が急に上がって、素人のカラオケのようなど下手な歌声が車内に響き渡った。

外国の音楽をかける番組が静かに流れていたはずなのに、なぜか昔のムード歌謡のような歌が音痴なお婆さんのようなダミ声で車内にびりびりと大音量で鳴り渡っているのだ。

思わず耳を塞いでいたらタクシーはほどなく自宅前に到着した。

釣銭を受け取ってそそくさと降りようとすると、

「お客さん次また私の車だったら言って下さいね、ルート変えますから」

ようやくラジオの音量を下げた運転手がにっこりと笑い掛けてきた。その顔が妙につるつるして絹ごし豆腐みたいだったのが貴一さんの目に焼きついている。

翌日貴一さんは自転車に乗ってゆうべタクシーが辿ったルートを逆走してみた。

だが〈びわ湖〉の看板が立っていたと思われる一帯は稲刈りの終わった後の田んぼで、そもそも広告看板の類がひとつも見当たらない。

川と田んぼの他に周囲に建造物は何もなく、自転車が倒れそうなほどの強風がびゅうびゅう吹き荒れていただけだったという。

取り囲まれて

数年前の初秋のこと。

ある晩ざわざわと大勢の人の気配がして目を覚ました和典さんは、両手を顔の下に敷いたうつ伏せの状態で寝ていて、なぜか身動きがとれなかった。

どうやら金縛りにあっているらしい。そう気づいてどうにか目玉だけを動かして周囲の様子を窺ったという。するとベッドを取り囲んで親しい友人から顔見知り程度の人まで、とにかく何らかの知り合いばかりが老若男女、満員列車のように部屋中にひしめいているのがわかった。

その人たちがみんな和典さんの方を真剣な表情で見下ろしている。

一瞬幽霊かと思ったが、そうではないようだ。ずっと会っていない人も昨日会ったばかりの人もいたが、どの顔を見ても存命の人たちばかりだった。

豆球だけが灯る暗くて狭い部屋に、互いにほとんど無関係だったり面識がないはずの彼らが集まっている理由がわからない。

すっかり混乱していたら、いつのまにか金縛りが解けたらしく和典さんは肘を立ててようやくベッドに少しだけ上半身を起こすことができた。

そこで偶々一番近くにいた釣り仲間のSに向かって「いったい何事なんですかこれ？」と小声で問いかけたところ、Sはびっくりしたような表情で和典さんを見返した。

Sは口を開いて何か言いかけたが、言葉が発せられる前に彼を含めた全員の姿がふっと薄くなり、あれれと思う間に物陰に溶けていくようにみんな消えてしまった。

気がつくと朝で、部屋はいつもと変わらぬ雑然とした自分の寝室でゆうべと何も変化がなかった。

和典さんは数時間前に見たものは全部ただの夢だったのではと思えてきたという。

それにしては生々しく一人一人の眉の形から服の皺まで鮮明に思い出せるが、とにかく現実には誰も部屋に来ていない、あれは幻だったんだと自分を納得させたのである。

その日の夜遅く釣り仲間の友人からメールが入り、Sが日中営業で外を歩いているときに脳出血で倒れたらしいという内容だったので和典さんは携帯を手にしたまま凍りついた。

翌日、同じ友人からメールでSの訃報が届いた。

まだ四十代の若さで、奥さんと小学生の娘を残しての突然の死だった。

あの晩部屋に現れた他の人々はあれから数年経った今もみな変わりなく、それぞれ元気に暮らしている様子である。

だからこそ和典さんは、Sが急逝したのは自分があの晩不用意に話しかけてしまったせいではないかと強く疑っている。

自分が見たのがどういう現象なのかさっぱりわからないが、とにかくあのとき誰にも話しかけてはいけなかったのではないか。あれはそういうものだったのではないかと思い悩み、和典さんは後悔し続けている。ここ二年ほどはそのために体調を崩して心療内科に通い、職場の希望退職に応じて無職になってからは療養生活の傍ら、Sの墓前に毎週のように通っているそうだ。

アフリカの太鼓

中学二年生の頃のことである。

通学路に大きな橋があり、そこから川を見下ろすのがKくんは大好きだった。

たまに川を下ってくる船を見かけることもある。

何度も見ているのは将棋の駒のような形をした黒い船で、どこに人が乗っているのかよくわからなかった。

その船が立てる独特な音が好きだったのだという。

アフリカの太鼓のような音だな、とKくんは思っていた。

同じ中学に橋を渡って通学している生徒はほとんどいない。Kくんを含めて六人くらいである。

だから朝夕その橋を渡るときはたいていい一人だった。

その黒い船を見て〈アフリカの太鼓〉を聞くときもいつも一人だ。

その日はクラスで文化祭の準備があって少し帰りが遅くなった。

川面には岸辺の街灯がゆらゆらと映っている。

橋の半ばにさしかかったとき、上流の方から聞き覚えのある音がした。

Kくんは立ち止まって欄干に手を載せた。

こんな時間に通ることもあるんだな、と思いつつ〈アフリカの太鼓〉に耳を澄ませる。

次第に近づいてくるその音がいつもよりちょっと「回転が遅い」ような気がしたという。

録音して少し再生速度を落としたときのように、音が微妙に低くてテンポがゆっくりしていた。

やがて〈アフリカの太鼓〉は橋の間近に迫ってきた。

だが暗闇に紛れて船の姿が見えない。

いくら船体が黒いと言っても、橋の上の街灯もあるし、まだ何も見えてこないなんてておかしい。

そう思っているうちに船は橋の下をくぐり、反対側へ抜けていった。

少なくとも音だけはそのように聞こえた。

自動車が来ないのを確かめてKくんは道を渡った。

船の音は橋を少し離れたところでふいに途切れた。

Kくんは街灯の光を反射している川面を見つめる。

あそこに船があるはずだ、という場所に目を凝らす。

だが瀬音と時折背後をよこぎる車の音がするだけで、船は音も姿も消したままだった。

どういうことなんだろうと首をひねりつつ家に帰った。

翌朝橋を渡るとき、ゆうべ音の消えた辺りをKくんは立ち止まって眺めた。

そこには昨日まではなかったはずの中州ができていた。

川の中央で草に覆われ、二羽の白鷺が歩くのが見えるその島は将棋の駒のような形をしていた。

以後〈アフリカの太鼓〉を聞くことは二度となかったという。

効かぬ

西嶋さん夫妻は結婚二十周年を記念して旅行に出かけることになった。

休暇を揃えるのが難しく二泊三日の国内旅行になったが、子供たちもいない二人きりの旅は新婚旅行以来だった。

だが二泊目の旅館で露天風呂に入っていたとき、夫の泰雄さんは突然ひどい頭痛に襲われる。

あまりに突然でひどい痛みだったのであわてて上がって部屋に戻ったほどだ。

そのときは何か重い病気ではないかと不安だったが、部屋に帰ってくると嘘のように痛みが消えてしまい、食欲も湧いたので部屋にあった煎餅を食べながらお茶を飲んでいると、やがて妻も風呂から帰ってきた。

頭痛のことを話したら妻はバッグから頭痛薬の箱を出してくれたので、もう治ったのでいいかなと思いつつ念のため飲んでおくことにしたという。

薬をシートから外して手のひらに載せたところ、すっと手が伸びてきてそれをつまみ取った。当然妻の手だと思ったが、顔を上げると妻は窓辺に立って外を眺めている。テーブルの角を挟んで右手には法衣を来た僧侶のような男がいつのまにか座っていた。

その人の丸刈りの頭は普通の人の三倍くらいに膨らんでいて、表面にひび割れのように血管が浮いていたという。

『痛い痛い痛い痛い痛い痛い痛い痛い痛い痛い痛い痛い痛い』

男は小声でそう言いながら頭痛薬を頬張ってばりばりと噛み砕いた。

呆然として口が利けずにいる泰雄さん向かって男は、

『効かぬ効かぬ効かぬ効かぬ効かぬ効かぬ効かぬ効かぬ』

そう言いながらお代わりを要求するように手を差し出してきた。

催眠術にかかったように泰雄さんが薬をシートから次々外して手渡すと、男はそれを口に入れてまた音をたてて噛み始める。

あんなに頭が膨らむなんてよほどの痛さなんだろうな、市販の頭痛薬なんかいくら飲んでも効かないだろう。泰雄さんはぼんやりと同情しながら異様な風体の男を眺めていた。

「ちょっとあんた何やってるの！」

妻の金切り声が響いて泰雄さんは我に返った。

「違うんだよ、このお坊さんが頭痛いって……」

そう妻に説明しようとしたら口からぽろぽろと白いものが膝の上にこぼれた。

見るとそれは噛み砕かれた薬の破片だった。

自分の指さしている方をあらためて見たが、テーブルの右側には誰もいない。

ただ、さっきまでしなかったはずの線香の匂いが、部屋に濃厚に漂っているのに気づいたという。

妻の話では、庭の梅の枝に見たこともないようなきれいな銀色の鳥がとまったので、教えようと思って部屋を振り返ったら泰雄さんがシートから薬を大量に外していた。呆気に取られているとそれをいきなり口に放り込み、ばりばり噛み砕き始めたので驚いて大声を出したのだという。

部屋には当然のように〈お坊さん〉のような男などいなかったそうだ。

庭の木にとまっていた銀色の鳥もいつのまにか消えてしまっていた。

後日奥さんがネットや図鑑でずいぶん調べたが、該当するような鳥にはいまだ行き当たらないらしい。

兄とギター

雪江さんのお兄さんはギターが好きで複数のアマチュアバンドを掛け持ちしていたが、バイク事故で手に軽い障害が残ってからは愛用のギターをほとんど売り払い、残された一本はクローゼットの奥にしまい込まれていた。

そのギターを爪弾く音がある晩聞こえてきて、お兄さんがひさしぶりに練習してるのかな？　と思った雪江さんが耳を澄ませると、壁越しに弦の音色とともに女のあえぎ声のようなものが聞こえてきた。いやらしい動画でも見ているのかと思い顔をしかめたが、そういえば今日はゼミの飲み会があるとかでまだ兄が帰宅していないことに気づく。

おそるおそる隣の部屋を覗きにいくと、あえぎ声はクローゼットの中から聞こえていた。部屋の電気をつけ、しばし躊躇《ちゅうちょ》したのちに思い切ってクローゼットの扉を開くと、立てかけられたギターケースの陰に何かがサッと隠れるのが見えた。それはまるで紙のように薄い人間の手のひらのようだったという。

すでにあえぎ声は止んでいたが、クローゼットの中は生臭い人間の体臭のようなもので満ちていた。そっと扉を元通りに閉じて、雪江さんは自分の部屋に戻った。しばらくするとまた壁のむこうから弦の音と女のあえぎ声が聞こえてきて、それは深夜になって帰宅した兄のスリッパの足音が階段を上ってくるまで続いたという。

その晩見聞きしたことを雪江さんは誰にも言わなかったが、まもなくお兄さんはその最後の一本だったギターも手放してしまった。知り合いの誰かに譲ったようだが、なぜか譲った相手を雪江さんにも教えてくれなかったそうである。

専属

父親の入院時に満夫さんが見舞いにいくと、いつも入れ替わりに病室から出てくる若い看護師がいた。小柄で目の小さい女性で、首にたくさんほくろがあるのが肌の白さもあってよく目についたという。満夫さんが挨拶すると看護師は無言で会釈しながらすっと部屋を出ていく。あまりにそれが何度も続いたので満夫さんが「あの人まるで親父の専属みたいだねえ」と笑ったところ父親は「何の話だ？」と眉をひそめている。そんな看護師は部屋に来ていないし、そもそも該当するような看護師はこの病棟にいないと言い張った。

まもなく父親は四人部屋に移り、満夫さんがあの看護師に会うこともなくなったが、退院の日に自宅前で記念に撮った写真で、背後の生垣の隙間によく見ると目の小さい女の顔が写っている。

そこには何本もの木が枝を絡めあっていて人が立てる余地がないのだ。

病院でよく会ったのってこの人だよ！　と満夫さんが興奮気味に写真を見せると父親はしばらく黙って見た後で「こんな女は知らん！」と憮然として突き返してきた。

人形に釘

ちえみさんが小学校に上がる前に祖母が買ってくれた人形は、二本足で立っている姿の犬の人形であまりかわいくなかった。

どちらかというと不気味だったので、ちえみさんはその人形が目につかないように押し入れの中のプラスチックの物入れに隠しておいたという。

ある日ひさしぶりに物入れを開けてみると、長い一本の釘が犬の人形の頭に刺さって左右に貫いていた。

もちろんちえみさんがしたことではないし、前に見たときは釘など刺さっていなかった。

嫌いな人形だったが、そんな惨たらしい姿を見ると悲しくなってちえみさんは泣きながら人形を母親のところまで持っていった。

「どうしたの？」と言いながら振り返った母親の顔がさーっと青ざめ、言葉にならない言葉で何か叫んだことをちえみさんはよく覚えているという。

犬の人形を握りしめていたはずのちえみさんの右手は、いつのまにか彼女自身の左の手首をつかんでいた。

そして左手の小さな手のひらの中央を、長い一本の釘が貫通していたのである。

家の中にそんな釘がなかったことは後に両親が確認し、ちえみさんが遊びで外から持ち込んだものだろうと結論づけられた。

だが彼女にそんな記憶はない。そもそも外遊びが苦手で部屋で絵本ばかり読んでいる子供だったから、釘の落ちているような場所で遊ぶとは思えないのだ。

今もちえみさんの手のひらと甲には薄く痕が残っている。犬の人形はその日以来行方不明だという。

窓の顔

新馬さんの埼玉県にある実家の裏は、かつて一家心中の出た家だった。

事件があったのは彼女が生まれる前のことで、幼い頃に家は取り壊されて、今は時間貸しの駐車場になっている。

まだ空き家が残っていた頃の記憶では、新馬さん宅から見て右にあたる側面の二階の窓に、人の顔のように見える汚れがくっきり浮かんでいたという。

まるで押し付けられた顔の脂が残っているように、表情のない虚ろな顔だった。

幼心にそれがひどく禍々しいものに思えて、かえって彼女は誰にも話せずにいた。

家族や近所の子供たちがその窓に浮き出ている〈顔〉のことを話題にするのをなぜか聞いたことがなかった。

だから彼女は〈顔〉の存在を自分が指摘して、みんなから「そんなものは見えない」とでも言われたらと思うと不安だったのである。

もし他の人に見えていないものだとしたら、かえって救いがなくなるような気がして、ますます誰にも言えなかったらしい。


だから小二の夏に、その空き家がようやく取り壊されたとき、新馬さんは心の重荷が取れたような気持ちになったという。

にもかかわらず、解体作業をする重機を道路から眺めていたらなぜか悲しくなってきて、新馬さんはぽろぽろと泣いてしまった。

近所の子供たちはそんな彼女を見て不思議がったり、心配してくれたりした。中でも一番小さな男の子が近づいてきて何か耳打ちしようとするので、新馬さんは膝を曲げて顔の高さをその子に合わせた。

すると男の子は彼女の耳元でたどたどしく、

「あのね、まだあそこに、いてね、こっちみてる」

そう言いながら小さな手で中空を指さした。

新馬さんは、その子のかわいらしい人さし指の先を目でたどった。

すると、解体が進んですでに柱だけになってしまっている家の二階が視界に入る。

ちょうどあの〈顔〉の浮かび出た窓があった辺りである。

今はもう壁も窓もなく、濃い水色の空がひろがっている。

彼女は自分でもよくわからない、奇妙に安らかな気持ちになって笑みをこぼし、それを見て男の子は満足げにうなずいた。

秋分

会社員の庸司さんは、出勤前に近所を一時間くらい走るのを日課にしていたことがある。

とくに休みの日はいつもより長めのコースを走って多めに汗をかくようにしていた。

ある年の、秋分の日の朝のこと。

ジョギングから帰ってきた庸司さんが玄関でスニーカーの紐をほどこうとしたら、紐の途中に白い紙がおみくじのように結ばれているのに気づいた。

家には甥っ子が同居しているが、イタズラで結んだなら履くときに気づいたはずだし、走っているときに偶然絡まったとは思えない。

それくらい紙はきちんと折り畳まれてきつく結ばれていたのだ。

苦労して紐から外して広げると紙はＢ５サイズほどあった。そこには昔のワープロ

で印字したみたいなギザギザの字で、

〈はまもとしんいち　6さい〉

そう印刷されていたという。

なんだか気味が悪いような、納得のいかない引っかかりを覚えつつ、庸司さんは紙を丸めてゴミ箱に放り込んだ。

翌年の秋分の日。

いつもの休日のように長めのジョギングから帰宅して、庸司さんが玄関でスニーカーを脱ごうとしたら紐に白い紙が結びつけられているのに気づいた。

一年前のことを思い出して厭な気分になった庸司さんは、きつく結ばれた紙をやっとのことでほどいて広げてみた。すると紙には、

〈はまもとしんいち　7さい〉

一年前と同じギザギザの字で、そう印刷されていたのである。

始めてから体調もよく健康診断の数値も改善していた早朝ジョギングだが、庸司さんはその日を最後にきっぱりとやめてしまった。

さいわい一年後の秋分の日には何事も起こらなかったそうである。

行旅

勝間さんの叔父は各地を転々として暮らした人で、仕事も定まらずホームレスだったこともあるらしい。

三十五、六年前に叔父は東日本のある小さな田舎町に部屋を借りて、そこからバイパス道路の工事現場に通っていた。アパートは二階建てで上下とも五部屋ずつあり、偶然だが叔父のいる二階の部屋の隣が同じ現場で働くNさんという男の部屋だった。

とはいえ二人はとくに親しくするわけでなく、会えば挨拶するくらいで仕事への行き帰りも別々だった。叔父はNさんを嫌っていないし、向こうもそんな様子はないが何となく話が弾まず、たぶん互いに一人でいるのが好きな性質《たち》だからそういう距離に落ち着いたのだろう。

やがてNさんは現場の仕事を辞めていつのまにか部屋も引き払っていた。おそらく酔っ払うとだろう、夜中に杉良太郎の「すきま風」を歌う癖のある男だったが、しばらく聞こえてこないなと思っていたら部屋が空だったのだ。

Nさんが去ってからひと月と空けずその部屋に二十歳そこそこの夫婦者が越してきた。

その妻の方がある日叔父を訪ねてきて、うちの部屋って前にどんな人が住んでましたか？　と言う。どういうことかと訊けば、

「ちょっと変なことがあったものだから……」

と声をひそめる。

夜中に人の気配がして、顔を向けると部屋の暗闇に誰かが正座しているのが見えた。泥棒かと思って夫を起こそうとしたら消えてしまったという。そういうことが何度もあったから、前の住人が部屋で亡くなっているのではと思ったようだ。

叔父はNさんのことを大まかに話して「仕事辞めて出ていったんですよ、死んじゃいないです」と相手を安心させたが、内心ではNさんはもうこの世の人ではないんだろうなと思っていた。隣人の語った「頬がこけていて、短い髪」という特徴がNさん

と似ていたし、部屋の隅でじっと正座していた、というところがいかにもNさんらしい気がしたのである。

その二、三年後に叔父が東京で知人の飲み屋を手伝っていたときのこと。客の一人がカラオケに「すきま風」を入れて歌い始めた。なかなか上手いので他の客も聞き入っている。叔父は頭の中でアパートの壁越しに聞こえていたNさんの歌声が蘇っていた。するとその客のちょっとした節回しなどがNさんとよく似ているような気がしてくる。まさかと思って顔をよく見たけれどNさんとは似ても似つかない人だ。

その店で働いていたとき同じようなことが何度かあり、気のせいだとは思ったけれどどまるでNさんが一緒に歌っているように歌声が重なって聞こえてくることもあった。それが気味が悪くて客が「すきま風」を歌い始めると何か用があるふりをして店の裏から外に出たりもしていた。

ある日の昼間、外出先でウィンドーにならぶマネキンを眺めていると背後に人が立った。叔父が振り返ると同年輩の高そうなスーツを着た男性がびっくりしたような顔で会釈してきたので思わず会釈を返すと、相手は「○○さんですよね」と叔父の名前を言う。どちら様ですかと訊ねれば「×××町で隣に住んでたNですよ」と男は答えた。

今度は叔父がびっくりして言葉に詰まった。言われてみればたしかにNさんらしい面影があるが、着ている服や肉付きのよさなどかつてのNさんと印象が違いすぎた。それにもまして叔父はアパートで隣人の語った〈幽霊〉の話やカラオケの件でNさんは死んでいると思い込んでいたので、ぎこちない応対に終始してしまったというが、相手は訝《いぶかしが》る様子もなくその場でしばらく立ち話をして二人は別れた。

だが後になって思い出すと、やっぱりあれはNさんではなかったような気がしてしまう。外見はともかく話し振りも別人のようだったし、Nさんとの間柄から言って連絡先も聞かずに別れたのは自然とはいえ、そのこともNさんと再会したという印象を希薄な、幻めいたものにしていた。叔父はNさんとの会話の内容をほとんど覚えていなかった。池尻という単語が何度か出た気がするから、池尻に職場か自宅があったのかもしれない。

その後知人の店を辞めて東京を離れ、たまたま遊びで立ち寄った日本海側の町に叔父はふた月ほど住んでいた。

住居は、スナックを経営する女性の部屋に転がり込んだ形だった。その彼女とは会ったその日に同棲を始めたのだが、彼女はしばしば仕事明けにそのまま部屋に帰ってこないことがあり、叔父は薄々他の男のところにいるのだろうなと思いつつ気にしないようにしていた。

その町で叔父は基本働かずにぶらぶらしていたので、彼女が帰ってこない日は寝付けずに何となく朝からふらっと外出することがあった。まだ開いてないパチンコ屋の前を通り過ぎ、小さな駅のまわりで朝から開いている喫茶店を探していたら、広場のベンチで徹夜明けっぽいカップルがくずれるように並んで居眠りしていた。とくに関心も持たず前を通り過ぎようとして、叔父は妙な引っ掛かりを感じて振り返った。

ベンチからだらしなくのばしている脚は、ぴったりしたジーンズを穿いた女の二本の脚しかなかった。その女の黒いブラウスの脇腹辺りから枝分かれするように、黄ばんだランニングシャツを着た男の上半身が横に生えていて、妙に長い胴体をベンチに仰向けによこたえていた。

思わず女の顔を見たら、眠っていると思った彼女は薄目をあけて叔父を見ていた。口がかすかに動いてガムを噛んでいる音が聞こえた。

男の方は死人のように顔が固まっていて、そのせいでしばらく気づかなかったがあきらかにNさんの顔をしていた。それも東京で再会した変わり果てたNさんではなく、かつて隣人だったときの頬がこけて無精髭のある顔だ。Nさんの両目は閉じているのではなく、ぽっかりと黒い穴になって空を見上げていた。

「おっさん何じろじろ見てんだよ殺すぞ」

女はガムを噛みながら感情のこもっていない声でそう言った。叔父はぺこりと会釈してその場を離れ、ずいぶん遠ざかってからそっと振り返ったがベンチには誰もいなかった。

夕方まで何をしていたか記憶にないというが、たぶんずっと町をうろついていたのだろう。足がマメだらけで、なぜか脛《すね》にはいくつも擦り傷ができていた。

部屋に帰ると彼女が電話で誰かと話していて、玄関を開けた途端小声になってすぐに電話を切ってしまった。

叔父はさっき見たもののことを聞いてほしくて話し始めたが、おざなりに相槌を打っていた彼女は途中で急に話を遮ると「悪いんだけど二、三日部屋を空けてくれない？　友達を泊めたいから」そう言って背中を向けて煙草を吸い始めた。

それからぽつりと「行くとこがあるんなら、この際そっちに移ってくれちゃってもかまわないいんだけどねえ」と付け足したという。

女の言いたいことを察した叔父は黙って荷物をまとめると、彼女がくれた小遣いとボストンバッグを持って部屋を出て、その晩はサウナに泊まった。翌日の昼間何となく彼女のアパートの前に戻ってきてしまうと人だかりができていた。建物に黄色い規制テープが貼られ、彼女の部屋のドアが開いて制服姿の男たちが出入りしているのが見えた。

「心中だってよ、こんな真昼間にねえ」

そう近所の人たちが話すのを聞いて叔父は頭が真っ白になり、無意識にその場を離れたらしい。気がつくと長距離バス乗り場で火のついてない煙草を片手に立っていた。

翌日買った新聞に出ていた記事によると、女が交際中の妻子持ちの男の胸を包丁で刺して、自分も部屋で首を吊って死亡したらしい。女の名前は叔父が聞かされていたのとはまったく違っていたが、記事に添えられた写真はたしかに同棲していた彼女の顔だった。男の方は重態で病院に搬送されその時点では生きていたようだ。叔父は逃げるように大阪から四国へと翌日のうちに移動してしまって、男が結局どうなったのかは知らないままだという。

その後叔父は一度だけ、かつてNさんがアパートの隣に住んでいた×××町をふらっと訪れたことがあった。

住んでいたときから十五年ほど経ち、町は開発され変わり果てていたが、アパートは少し古ぼけて残っていた。叔父が住んでいた部屋とNさんが住んでいた部屋は空室のようだった。どちらもドアポストに溜まったチラシが舌のように垂れ下がったまま放置されていた。それなりに感慨もあって建物をじっと見ていると背後にパトカーが停まった。警官が顔を出したので何か言われるのかと思って警戒したが、警官はなぜかニヤニヤ笑ってアパートと叔父を交互に見るとそのまますぐに車を出してしまった。

叔父はほどなくその場を立ち去り、最近できたらしい新しいバス停のほうへと戻っていった。途中に、来るときにはなかった白犬の死骸が道路に四肢を伸ばして潰れていた。叔父は顔をそむけるようにして横を通り抜けたが、そのとき死んでいると思った犬の目がくるっと動いてこちらを見るのが視界に入ってしまう。

「○○さんひさしぶり」

犬がそう話しかけてくるのが聞こえた。思わず顔を向けると、目玉どころか頭全体が潰れて、口の位置さえよくわからないものがひろがって路面に貼り付けられている。だがたった今そこから聞こえてきた声は、たしかに記憶の中にあるNさんの声だった。

叔父は腕が粟立《あわだ》つのを感じて、しきりにさすりながら歩みを速めた。

どこからかサイレンの音が聞こえてきたが、妙に間延びして、音程の不安定なものだった。

サイレンは遠ざかりも近づいてもこず、いつまでも同じ大きさで耳に届いた。

バスに乗るとそれはむしろだんだん近づいてくるようだったが、終点直前にふっと途絶えた。

叔父がバスから降りると駅前のビルで火事があったのか、消防車が何台かロータリーに停まっていた。火は消し止められたらしく煤けたビルの周囲の消防士の動きは鈍かったが、その中に一台だけパトカーが混じっていて傍らにさっきの警官がだらしなくもたれるように立っていた。

警官は叔父に気づくと制帽を脱いで振ってみせた。ひらひらと動く帽子の内側が、死んでいた犬の毛のように白くふさふさとしているのが叔父にははっきり見えた。

警官は目を細めて、笑顔で何度もうなずいていた。

ひさしぶり

ＯＬの田岡さんが深夜のスーパー銭湯で頭を乾かしていたら鏡に小学校の同級生だったフミヨが映った。びっくりして「どうしたのひさしぶりー！」と振り返ったら誰もいない。気のせいかと思って田岡さんが鏡を見るとやはりフミヨがにこにこして後ろに立っている。だが振り返るといない。そもそも小学生のときの面影が何もないくらい痩せこけているのに、どうしてフミヨとわかったんだろう？　そう思ったら鏡の顔が田岡さんに近づいてきて『死んだからだよ』とささやいた。

気がつくと田岡さんは頭が発熱して火が出るほどドライヤーを当て続けていた。

調べたところ、フミヨは二日前に母校の小学校裏に車を停めて練炭自殺していた。

集合地

茨城県某町の山側の高台に、和弥さんの弟夫妻が住んでいる分譲マンションがある。

一度だけ訪ねた日は風が強くて、窓がずっとがたがたと音をたてていた。

その日が特別というわけではなく、大体いつでもここは強風に晒されているそうだ。

ベランダに干されていたシーツが千切れそうなほどバタバタとはためいていたという。

と思ったらピンチが外れてシーツが浮かび上がり、そのまま風に持っていかれてしまった。

驚いて立ち上がった和弥さんに対し、弟は落ち着き払ってこう言った。

「落ちる場所はわかっているから大丈夫」

何でも、ベランダの物が風で飛ばされるのは日常茶飯事だそうで、飛ばされた洗濯物はよその家や道路に落ちて迷惑を掛けたり、事故の原因になるような心配はなく、なぜかいつも地上の決まった場所に集まっているらしい。

弟たちのベランダにかぎらず、そのマンションから飛ばされていった物はみな同様なのだという。

「建物の横に農道があって、道を挟んで小さい墓地があるんだよ。どうせ洗濯物はそこに行けば見つかる」

どうにも信じがたい話だったから、さっそくシーツを拾いにいくという弟の後を追って和弥さんも部屋を出た。

農道は犬の糞だらけで、踏まないように気をつけて歩いていくと、落葉に埋もれたようになっている墓地に来た。

墓地に足を踏み入れた途端、和弥さんは卒塔婆の先端に何かが被っているのに気づいた。よく見ればそれは泥水につけて干乾びた感じのソックスの片方である。

「これは飛ばされた家の人が取りに来ないまま何ヶ月も経ったやつだね」

弟はそう言ってソックスの爪先を指ではじいている。

少し先にある墓石は女物のブラウスを羽織っていたが、それはまだ洗いたてのようで白く輝いていた。

その先にある卒塔婆が肩袖だけ通しているネルシャツは、放置されているのか全体がやや変色しているようだ。

季節外れの麦藁帽をちょこんと頭に載せている古そうな墓石もあった。

弟の家のシーツは、中央にそびえ立つ大きな黒御影石に巻き付いていた。

映画でローマ市民が着ている衣装みたいに見えるそれをぐるぐると巻き取って肩にのせると、弟はにっこりと笑って出口に向かって歩き始めた。

すぐ隣にある同じ御影石の墓誌は花柄のブラジャーを着けていたが、それは奥さんのものではないらしくそのまま放置して帰ってきた。

上司の遺言

商社マンだった頃の将人さんの上司は過労死する三週間前から、お寺に貼られているような自作の標語を毎朝自分の机の前に貼り出すようになった。

標語はどこかで聞いたことがあるようなものや、言葉足らずで意味がよくわからないものが大半で、倒れる当日の朝貼り出されていた標語は、

〈くわがた二匹で、猫半分〉


という不可解なものだったという。

課長これどういう意味ですか？　と将人さんたちが訊ねると上司はごちゃごちゃと要領を得ない説明を始めたが、その内容を覚えている者も理解できた者も課内にはい

ない。

葬式の日、少し変わってたけど真面目でわりといい人でしたよね、と同僚たちとしみじみしていると何処からか黒い虫が二匹飛んできて祭壇の花に止まった。すわゴキブリか⁉　と場がざわついたがよく見るとノコギリクワガタの雄と雌である。晩秋のこんな時期にクワガタ？　と不思議がっていると会場の後ろの方から悲鳴が上がった。見れば野良猫が会場に侵入したようで、茶虎の猫が妙に長く伸びたような形で床に横たわっていた。

だが将人さんが近づいていったらその猫は真ん中で二つに割れていて、断面からはみ出した内臓と血だまりが床に倒れた前と後ろを繋いでいたという。

近くにいた人たちの話では、猫はたった今外からよろよろと覚束《おぼつか》ない足取りで入ってきたと思ったら、いきなりその場に倒れて二つに割れてしまったらしい。

場内は貧血を起こして倒れる婦人や子供の泣き声、葬儀屋に八つ当たりする怒声などで騒然となってしまった。

遺族の男性たちが猫の死骸を片付けるのを将人さんも手伝った。

悪質な嫌がらせのようなものだとしても、そんな状態で猫がどうして自力で歩いて来れたのかがわからず、みんな強張った表情で死骸を新聞紙に載せながらだんだん無口になっていった。

そうした混乱の中で将人さんと同僚たちは皆、上司が最後の朝に貼り出した標語を思い出さずにはいられなかった。

今目の前で起こった出来事があの世からのメッセージだとすれば、一度言葉で伝えただけでは足りず、再度映像化（？）してまでどうしても部下たちの心に刻みつけたかったのだろう。

そう思うと将人さんはよくわからない感慨と薄ら寒いような気持ちに囚われた。

とはいえ、やはりメッセージの意味はわからなかったそうだ。

避暑

絵梨さんの部屋のエアコンが故障したが、真夏だったので修理も順番待ちでしばらく冷房なしで過ごさなければならなくなった。

そこで夜寝るときだけでも部屋にいさせてと友人たちに頼んで、何人かの部屋を転々として泊めてもらったところ、初めて泊めてもらう由佳子の部屋がちょっと他の部屋とは涼しさが違っている。エアコンの不自然な冷気でなく、すでにその部屋だけ秋が来ているみたいだった。

「そもそもエアコンなんてつけてないよ」

と閉じている送風口を由佳子が指差す。

「ここ昔の処刑場だから涼しいの」

「何それ、どういうこと？」

「罪人が処刑されてたんだよ、その土地に建ってるの」

「へえ、じゃあみんな処刑場に住めば節電になるじゃん」

「だめ、冬は逆だから。暖房全然効かなくてガンガンにかけても凍えてるよ」

「そうかあ、むずかしいね」


その日夜中に目を覚ますと、ぶつぶつと誰かが話しているような気配がした。隣の部屋の住人かな？　と絵梨さんが耳を澄ませると横で寝ている由佳子が「ちがうよ」と言った。

「壁厚いから隣の音はしないの……」

「それじゃあ下の人か上の人？」

「上も下も空き部屋だから……あんまり聞かないほうがいいよ」

「じゃあ何なのこれ、あっ今『拙者』って聞こえた」

「さあ……処刑場跡だからね……」

由佳子の声はそれだけ言うと、すぐにまた寝息に戻ってしまった。

釣り堀の話

渋木さんは学生時代、昼間から酔っ払った友人たちと数人で釣り堀に出かけ、ふざけて竿を振り回していたら足がもつれて池に落ちそうになったことがある。そのとき誰かが手首をがっちりとつかんで引き寄せてくれたという。

お礼を言おうと顔を上げたら誰もいない。友人たちは離れた場所でダベっているし、釣り堀に来ている客は自分たちだけのようだ。変だなと思いつつ池に目を落とすと、やや緑がかった水面に自分と並んでもう一人麦藁帽子を被った背の高い人影が映っていたので、驚いて横を見るとやはり誰もいなかった。

渋木さんは無人の空間に向かって小声でお礼を言うと、気分がすぐれないからと友人たちに断って一人だけそそくさと帰宅したという。

生首

尚志さんは二年前、会社の寮に住んでいたとき窓の外に生首が浮いているのを見た。血まみれとか恨めしい表情とかではなく、今どきの若者のような髪型で、頬にかすかに笑みを浮かべていた。生首でさえなければ結構モテそうなタイプに思えたという。

思わずじっと見つめてしまってから、尚志さんはじわじわと体の中に恐怖が湧いてきた。

生首の目はこちらを見ているのか見ていないのか、微妙なところに視線を漂わせている。

そのとき玄関のチャイムが鳴って聞き慣れた宅配便の配達員の声が聞こえた。

玄関ドアを開けてから振り返ると、首はまだ窓の外にふわふわと浮いていたので尚

志さんは荷物を受け取りながら、

「お兄さんにもあれ見えますか？　たしかに首浮いてますよね？」

そう配達員に訊ねてしまったという。

すると配達員は怪訝な目で部屋の奥を覗きこんだ。じっと見ているうちに口元に浮かんでいた仕事用のスマイルがすーっと消えて無表情になる。

「駄目ですよお客さん、あんなことしたら動物虐待ですよ」

そう冷たい声でぽつりと言って配達員は帰ってしまった。


意味がわからなくて呆然とした尚志さんが部屋の奥を振り返ったところ、窓の生首が浮かんでいたあたりに何かシルエットの違うものが浮いているのが見える。

近づいてみるとそれは浮いているのではなく、物干し竿から紐でぶら下げられた黒猫の死骸が鞄のようにぶらぶらと揺れていた。


寮の管理人には事実をありのままに話したが到底信じてもらえたとは思えず、同僚たちの間にも「あいつは野良猫を捕まえてきては虐待して軒下に吊るしてるらしい」

という噂の広まってしまった尚志さんは職場に居づらくなって、数ヵ月後にはその会社を辞めてしまった。

同意

K町でパン屋を営んでいる坂崎さんは、酔っ払うと「実は××事件の真犯人は俺なんだよね」と有名な未解決の殺人事件の名前を挙げる。

みんなこのつまらないジョークは聞き飽きているから「またか」と苦笑して聞き流すが、姪の洋美さんだけは笑えないし聞き流せない。それどころか冷や汗がどっと出きてて、叔父の顔を直視できなくなるという。

洋美さんには、叔父の背後にいつもべったりと寄り添って肩越しに顎を突き出している、顔じゅう傷だらけの青白い中年男の姿が見えていた。

その男は、酔っ払った坂崎さんが「実は××事件の真犯人は俺なんだよね」と例の台詞を口にするたび、頭から血しぶきを飛び散らしながらうんうんと大きくうなずくそうだ。

掴む手

咲希さんは子供の頃にした怪我のせいで右手の指があまり曲がらず、物を握ることができない。

なのに時々、無意識のうちに他人の着ている服の裾《すそ》や袖などを、曲がらないはずの指でぎゅっと握りしめていることがあるという。

相手には変な目で見られるし、何をするんだと怒鳴られることもある。自分でも驚いてすぐに手を離すのだが、もしやと思って試してみると右手の指はやっぱり曲がらないのだ。

これまでにそうやって無意識に服を掴んでしまった相手は、知人とただの通りすがりの割合が半々くらいだが、知人に関しては服を掴んでから全員が半年以内に亡くなっている。

事故や病気など原因は様々だが、早くて一ヶ月、遅くても半年後には訃報が届くのだ。

通りすがりの人たちについては調べようがないが、きっと同じようにみんな亡くなってるんじゃないかな、と咲希さんは言う。

何か咲希さんの意思とは無関係なものが彼女の右手を使って、死んでいく人を〈選別〉しているのではないかというのだ。

「嫌な話でしょ、でもこれって二つの考え方ができるんだよね。死が間近に迫っている人に、この手がいわば告知をする役目を果たしてるのか、それとも……」

ここでひどく真面目な顔になる。

「この手が文字通り死神の〈手先〉なのかってことだよね。つまり掴まれることによって、その人の命運が尽きてしまうのかっていう」

どっちなんだろうね、どっちでも結局同じことかなと咲希さんは笑った。

話を聞きながら思わず、手の届かない距離まで後ずさってしまう。

妊婦たち

学生の頃、浩之さんは恋人と旅行に出かけた。
だが旅先でつまらぬことから喧嘩になり、恋人は電車を途中下車して帰ってしまった。
浩之さんは意地になって後を追わず、そのまま旅を続けたという。
だが恋人のことが気になるし、一人で観光地を見て回っても楽しくはない。
やっぱり自分も帰ろうかなと思っていると、携帯電話が鳴り出した。
見れば恋人からである。
恐る恐る電話に出るといきなり大声で、
「うしろー！　ひろゆきうしろー！」
そう恋人が叫んでいたという。

浩之さんは思わず後ろを振り向いた。

道を挟んで土産《みやげ》物屋がある。

その店内がやけに混雑していた。

見ればお腹の大きな女性ばかりが通路にひしめいている。

妊婦さんの団体客なのだろうか。

そう思っていたら恋人の声が、

「ひろゆきー、おめでとうー！」

そう叫んで電話が切れてしまった。

あわてて掛け直そうとしたら、今の電話の着信記録がない。

混乱して携帯の画面を見つめていた浩之さんがようやく顔を上げると、土産物屋の店内はがらんとしていた。

狭い道を挟んで、あれだけ大勢の人が出てきた気配はなかったそうである。

また周囲を見渡しても、妊婦らしい女性の姿は一人も見つからなかった。

それからすぐ連絡のついた恋人は、浩之さんに電話などしていないと断言した。

ひとまず仲直りはしたものの、浩之さんの浮気相手の妊娠発覚をきっかけに一ヵ月後には別れてしまったそうだ。

おんなじ

太一さんがM市の商店街で四年半続けていた輸入雑貨の店を閉めることになった。最終日に常連だった客の何人かとお喋りしていると、店の隅のほうでじっとこちらを見ている高校生くらいの女の子がいた。

少し離れた大きな目と小さな口に特徴のあるかわいい、おしゃれな子だ。見覚えがあったので前にも来た客だと思い、太一さんが話しかけると女の子は恥ずかしそうに背中を向けてしまう。

他の客と話しながらちらちらと窺うが、女の子はずっと同じ場所に立ったままだ。

常連客が持ってきてくれたお茶を入れ、その子にも「一緒に飲みませんか」と声を掛けた。

すると女の子はなぜか背中を向けたままじわじわと後ろ歩きで近づいてきた。

その姿がひどく気味が悪かったのでみんな一瞬黙り込んでしまう。

お茶を入れた女性客がカップを渡そうと女の子の前に回ると、小さく悲鳴を上げてカップを床に落とした。

瀬戸物の割れる硬い音が店内に響く。

はっとして太一さんが女の子の方を見ると、なぜか彼女は割れたはずのカップを持ってお茶を飲んでいた。

離れた大きな目をくりくりと動かし、黙ってカップに口をあてていた。

床にはカップの破片も、こぼれたお茶の雫さえ見当たらなかった。


一方彼女にお茶を渡した方の女性客は、商品棚に尻餅をついたようになってその子を恐怖の表情で見上げていた。

太一さんが話しかけても返事はなく、マネキン人形のように固まって動かない。

かと思うと、今度は何か言葉にならない大声を上げながら自分のワンピースの裾をめくり上げ始めた。

びっくりして他の客が止めようとしたが、すごい力で振り払って店の真ん中に仁王立ちした女性客は、そのまま草色のワンピースを胸の下まで一気に捲った。

するとすると彼女の下腹の辺りに、写真を印刷したようなくっきりした痣があるのが見えた。

その痣が、ティーカップを手にする女の子の姿とそっくりだったという。

離れた大きな目、そして葡萄を描いたカップの柄までそのまま写されているように見える。

女性客は自分の腹と女の子を指さすと、

「おんなじぃー」

泣きそうな声でそうつぶやいた。

そして白目をむき泡を噴いてその場に膝から崩れ落ちた。

太一さんたちが失神した女性客を介抱したり、救急車を呼んだりと騒然としている間に、大きな目の女の子は店の中からいなくなっていた。

気がつくと女の子の使っていたカップは、店の隅の床に伏せて置かれていたという。

通夜の男

宏平さんは若手社員だった頃、職場のマドンナ的存在だった年上の女性と付き合っていた。

その女性には別居中のなかなか離婚できずにいる夫がいた。女性は夫のことを憎んでいてたびたび「死ねばいいのよあんな最低の男」と罵っていたが、ある晩夫は交差点で信号待ち中に酒気帯び運転のトラックに跳ね飛ばされて本当に死んでしまった。

職場の人たちとお通夜に出て、宏平さんは初めて女性の夫の顔を見た。

遺影を目にした瞬間自分とよく似ていることに驚いたが、棺の中の仏の顔を覗き込むと本当に自分が目を閉じていると思うほど瓜二つだったので宏平さんは気が遠くなり、その場に危うく倒れそうになった。

参列している人たちや遺族たちも宏平さんを見てざわついている。ただ夫を亡くした立場の彼女だけが宏平さんに向けて何度も意味ありげに微笑《ほほえ》みかけてきた。

逃げるように会場を後にし、自宅マンションの玄関で照明を点けた途端、宏平さんはいきなり目の前に鏡が現れたように感じて立ち尽くしたという。

自分と瓜二つの男が短い廊下を隔てた戸口に立って、こちらを虚《うつ》ろな目で見つめていた。

男は梵字《ぼんじ》や経文のようなものが書かれた白い経帷子《きょうかたびら》を身につけていた。

両手を少し上げて何かを訴えるように男がゆっくり近づいてきたので、宏平さんははっとして鞄から清めの塩を取り出すと、それを夢中で自分の体に振りかけた。

すると男の姿は天井の白熱灯の明かりに溶け込むようにすーっと薄れていった。

宏平さんはまるで自分自身を祓《はら》ってしまったような奇妙で空虚な感覚にとらわれた。

女性とはまもなく別れてしまったそうだ。

増えすぎた段ボール

塾講師の和男さんはネットショッピングが趣味で、部屋には商品が梱包されていた段ボールが大量に溜まっていた。

毎週一回の資源ゴミの収集日に出せばいいのだが、六階にある自宅から地上まで運ぶのが億劫で後回しにしていたところ、溜まりすぎてもはやどうにもならない量になっていた。

それでもネットショッピングの方は止められず、毎日のように何かしら注文してしまうし、どんな小さな物を買っても無駄なくらい大きな箱で届くから、潰して家具の隙間に立てかけるだけでどんどん部屋が狭くなっていくようだった。

仕事の後に同僚と食事をして軽く飲んで、和男さんは二十三時頃に帰宅した。

部屋の照明を点けると、壁に立てかけてある段ボールの一部が倒れているのに気づいた。そのとばっちりで床に詰まれた本やＤＶＤの山も崩れて大変なことになっている。

ため息をつきつつ復旧に取り掛かるが、すぐに面倒になって「明日の晩やろう」とつぶやくと和男さんは浴室へ向かった。

シャワーを浴びてさっぱりした彼が部屋に戻ると、壁の段ボールがさらに倒れてひどいことになっていた。

もはや全体の半分以上の段ボールが倒れているし、床積みの本も雪崩を起こして歩ける場所がほとんどなくなっている。

やれやれ、どうしようかなと部屋中に視線をめぐらせると、何か赤いものがすっと物陰に隠れるのが見えた。

一瞬野良猫でも入り込んだのかと思う大きさだったが、猫の色ではなかった。ワインレッドと言っていいような濃い赤紫色だったという。

和男さんはにわかに緊張して、床の段ボールを一枚拾って盾にすると、映画雑誌のバックナンバーが入ったカラーボックスに近づいた。

赤いものはその辺りに消えたはずだった。だがボックスは壁にぎりぎり寄せて置かれているので、隠れる隙間はないように見える。

気のせいだったのかな、と思って気を緩めたとき何かが足元にどさっと落ちてきた。見れば鯉くらいの大きさの黒鉄色の魚が腹を見せて床に横たわり、しきりに口を開閉していた。

どこから現れたのか見当もつかず和男さんが凍り付いていると、その魚の口の中がいやに赤いことに気づいた。さっきちらっと物陰に隠れた何かの色と同じ、濃い赤紫色だった。

魚は時々床の上で小さく暴れていたが、やがて口の動きもなくなり、赤い口腔を覗かせた状態のまま動かなくなった。

和男さんは携帯で何枚か写真を撮った後、魚を段ボールに載せて浴室に運び、上からも段ボールを載せて目隠ししておいた。翌朝いきなり目に入って驚かないためである。

だが朝になって和男さんが浴室を覗きにいくと魚は消えていた。

畳まれた段ボールが二枚重ねて床に置いてあるだけで、二枚の間には水に濡れたようなふやけた痕があった。

風呂場の唯一の出口であるガラス戸は閉まっていたから逃げたとも思えないが、ゆうべもいきなり現れたのだから、たぶん同じようにいきなり消えたのだろうと和男さんは思った。

携帯で撮った写真はファイルは残っていたものの、壊れているのかどれも開くことができなかったという。

だから和男さんの記憶だけで証拠になる物はないけれど、その魚は部屋の床の上で動かなくなったとき、たしかに瞼を閉じていたそうだ。

やつれゆく息子

中華料理店で働く息子が、配達中に追突事故を起こして入院してしまった。知らせを受けてから藤川氏は仕事帰りに何度か病院に顔を出したが、そのたび息子の顔色が悪くなっていくようで心配だった。

医者の説明では順調に回復して何も問題はないらしいが、今では息子の顔は手足のギプスの色とほとんど変わらなくなっている。

もともと無口な男だし、しばらく離れて暮らしていたから会話がぎこちないのはしかたない。

それにしても言葉数が極端に減って、まるでベッドに横たわる蝋人形のようだ。

離婚した妻にそうメールすると「ちょっと心配しすぎじゃない？　昨日も私会ったけどすごく元気そうだったよ」と返信があった。

納得がいかない藤川氏は、その日病室で撮った息子の写真を元妻に送信した。

「こんなにやつれて顔色の悪いあいつを今まで見たことないぞ」

そう文章を添えたメールに対し元妻からは、

「誰この男？」

と予想外の返信があった。


写真の男はあきらかに息子ではなく、息子はもっと顔色もいいしそもそもギプスをしている腕が左右違うという。

「あんた何で人違いしてるわけ。自分の子供の顔もわからなくなったの？」

そう呆れられて藤川氏は翌日あわててまた病院を訪ねたが、息子が寝ているはずのベッドは空だった。

看護師に訊ねるとそこは何週間も前から空きベッドだったと言われて、全然別の病室を教えられた。

言われた部屋に行くとたしかに息子が元気そうな顔で「おやじ久しぶり」と声を掛

けてきた。

藤川氏が携帯で昨日撮った写真を見せると「あっ」と小声で叫んだが、すぐ首を振って「こんな人知らない」と言う。

同じ写真を病棟の看護師に見せるとあきらかに動揺した顔をしていた。

だが結局は「知らない人です」と言い張られて、それ以上のことはわからなかったという。

知らない女

学習教材の会社に勤務している卓雄さんは若い頃、郊外の駅のホームで飛込み自殺を目撃したことがある。

当時つきあっていた女性のマンションの最寄駅で朝、出勤のため電車を待っていたら近くを臍の出たピンク色の服を着た女性が落ち着きなく行ったり来たりしていた。トイレでも我慢してるのかな？　などと呑気なことを考えていたら列車が入線してきて、女性はすたすたとホームの端に寄るとそのまま線路に飛び降りた。

警笛とブレーキ音の中で車体の下に飲み込まれる直前、女性の白い手がひらひらと振られたように見えたという。

大きなショックを受けた卓雄さんは何か適当な理由をつけてその日仕事を休んだ。

いったん自宅に帰ったが何をしていても上の空で、気がつくとホームでの光景が頭で自動再生されているので、怖くなって近所のカフェに避難する。

そのまま一日中カフェやファミレスを転々として過ごし、夜になってふたたび彼女の部屋へ行こうと思って連絡すると、その晩は母親が泊まりにくるからと断られてしまった。

しかたなく卓雄さんは自宅マンションのビル一階にある居酒屋で酔っ払ってからエレベーターに乗り込んだ。

なかなか酔わないと思って逆に飲みすぎてしまったのか、エレベーターを降りると勝手に足が斜めに歩いて通路の端の手すりにしがみついてしまう。そのまま手すりをたどって自室の玄関前に来ると、ドアにチョークで何か書いて消したような痕があった。

今朝はなかったような気がするが、はっきり覚えているわけではない。酔って視界が狭くなっている分、かえって細かいことに気づくだけでずっと前からあった痕かもしれない。そう自らに言い聞かせて部屋に戻ると、酔いを覚ましたくなかったのでシャワーも浴びずにベッドに入った。

チャイムが鳴っていることに気づいて、卓雄さんは枕元の携帯を見た。

午前二時四十三分。こんな時間に連絡もなく誰かが来るはずがない。

インターフォンには出ず、吐き気がする口元をトレーナーの襟で押さえながら玄関に向かう。

ドアレンズを覗くと知らない女が立っていた。

一瞬朝のホームで見た光景が蘇るが、もちろん外に立っているのは列車に飛び込んだ女ではない。着ているのは紺色のワンピースだし体型も違う。部屋を間違えているのではと思い当たり、薄くドアを開けてみると、女は卓雄さんの顔を見ても驚いた様子もなくじっと真っ直ぐ見つめ返してくる。

整った顔だが特徴がなく、雛人形みたいだなと思った記憶がある。

何か言われたような気がするが、訊き返そうとすると女はすでに部屋に上がり込んでいて、足音が奥に消えていくのを卓雄さんはあわてて追いかけた。

一つしかないソファに座って脚を組んでいる女が部屋で待っていた。

あまりに堂々としているので、やっぱり知人ではないかと思うのだが、顔を見ても何も思い出せることがない。

「それでどうだったんですか、その女の人は。死んだの？」

女はまるで話の続きを促すような口調でいきなりそう切り出した。

卓雄さんは不意をつかれてうろたえながら、頭に朝の光景を蘇らせていたという。

脚を組み替えて、女は黙って返事を待っている。

相手の醸し出す雰囲気に呑まれてしまった卓雄さんは思わず「死んだと思う」と答えた。

すると女は初めてうれしそうに歯を見せ、何度もうなずきながら、

「そう……死んだの……死んだんだ……」

小声でつぶやいていたがやがて立ち上がり、掃き出し窓からベランダに出ていった。

女がベランダに立っていて、卓雄さんはその場を一歩も動いていないのに、なぜか窓には内側から鍵が掛かったままだった。

手すりに肘をのせている背中が、部屋の映り込み越しにしばらく見えていたが、一瞬視線を外した隙に女の姿が消えた。

なぜか卓雄さんはそのとき「おれは寝惚けてたんだ。知らない女が部屋に来るわけ

がない」そう簡単に納得して、ベランダに出て女を捜すことも、数十メートル下の歩道を見下ろしてみることもなかった。

そのままベッドに戻ると朝まで死んだようにぐっすりと眠った。

翌日出勤のために卓雄さんがマンションのエントランスを出ると、歩道の端のドウダンツツジの植込みから人間の手と足が飛び出していた。

卓雄さんは背中に冷水を浴びたようにその場に立ち尽くした。

だがよく見れば突き出ているのはあきらかにつくりものの質感の手足で、近づくと女性型のマネキンが左半身を植え込みに埋める形に捨てられているのだとわかった。

顔は葉叢《はむら》に隠れていて見えないが、着せられている服はゆうべ卓雄さんの部屋に来た女の服装とよく似た紺色のワンピースだった。

呆然とマネキンを見つめる卓雄さんを、通行人が不審な目でちら見しながら通り過ぎていく。

マネキンの右腕は、誰かに手を振るように高く掲げられていたという。

夜を明かす

高校生の頃、春奈さんは母親と揉めて家出して知り合いの部屋を転々としていたことがある。

ある晩泊めてくれる人が見つからず、お金もなかったので彼女は地元の繁華街にある雑居ビルに侵入した。

以前男友達に連れられてそこの屋上に行ったことを覚えていたのだ。案の定、屋上に出るドアは施錠されていなかったので春奈さんは唯一の荷物であるバッグを枕にして、給水タンクなどの固まっている一角に身を寄せるように寝た。

肌寒さで目を覚まし、空を見ると大きな月が出ている。きれいだなと思ってしばらく見とれていたら、視界の隅で何かが動くのを感じたという。

顔を向けると、すぐ隣のほぼ同じ高さのビルの屋上にも人影があった。

春奈さんから見て反対側の柵のところに立ち、こちらに背を向けているし、暗いから性別や年齢などもわからない。

何となく警戒して彼女は物陰に身を隠すようにして、そっとその人影を観察した。

ビルのオーナーや利用者が涼みに、あるいは煙草を吸いに出てきてるのだろうか。

携帯の充電が切れてしまって今が何時なのかわからないが、たぶん二時か三時くらいだ。こんな時間に隣り合ったビルの屋上に居合せるなんて変な偶然だなと思う。

するとその影は柵を軽々と跨ぎ越して、外側に両手だけでぶら下がった。飛び降りか⁉　と思わず春奈さんが身を乗り出すと、暗くて見えないはずのその人物の顔の中で、大きな口がにやりと笑うように歪むのがなぜかはっきりとわかったという。

人影はふたたび軽々と柵を越えて屋上に戻ると、こちらに向かって歩いてきた。

あわててバッグを引っつかんで立ち上がった春奈さんは出口のドアに駆け込んだ。

「ああ怖かった。ビルの玄関で待ち伏せてたりしないだろうな」

そう思いながら最上階でエレベーターを待っていたら、階段のほうからたった今彼女が通り抜けてきたドアが開閉する軋《きし》みが響いた。

そんなはずない、と混乱して彼女は立ちすくんだ。こつこつと階段を下ってくる足音まで聞こえてくる。だが屋上には彼女以外誰もいなかったはずだし、これではまるで隣の屋上から空中を渡って、あの人影が追ってきたとしか思えない。

エレベーターはまだビルの半分までしか上ってきていなかった。春奈さんは咄嗟に近くにあったトイレに駆け込み、個室のドアの鍵を掛けて息を殺した。入口と二つのドアを隔てているせいか足音はそれ以上聞こえてこなかった。かすかな嗚咽《おえつ》と膝のがたがたと震える音だけが耳に届き、自分が恐怖で泣いていることに気づいたという。


何時間そこでそうしていたかわからない。

天井の明るさに蛍光灯以外のものが混ざっていると気づき、春奈さんがそっとドアを開けるとトイレの奥の小さな窓に朝が来ていた。

それを見た途端なぜかもう大丈夫だという気がして、春奈さんはエレベーターホールに向かった。朝陽の差し込んだホールには誰もいなかった。ほっとすると今度はゆうべのことは全部気のせいで、自分は何も怖い目になんて遭ってないのだと確認したくなったのだという。そのまま屋上への階段を上っていくと、ドアの外には青空が広がり、町が目覚めて活動を開始しているさまざまな物音が届いていた。

隣のビルの屋上に目を向けたら、端っこの柵付近に花束がひとつ置かれているのが見えた。

ゆうべ人影が立っていて、柵を越してぶら下がっていた場所だ。

春奈さんは一瞬「やっぱりあのとき人が飛び降りたんだ!」と大きなショックを受けたが、その花束はよく見ればすでに花が萎れ、葉が枯れきってゴミのようになった古いものだったという。

にわかに鳥肌の浮いた腕をさすりながら春奈さんは室内に引き返そうとした。だがドアに向かう途中で給水タンクのほうを見てそのまま体が固まってしまった。

タンクの横にはまだ新しい小さな花束がちょこんと立てかけられていた。

ゆうべ春奈さんが寝そべっていた場所のすぐ横、一メートルも離れていない位置にそれはあった。

その日春奈さんがひさしぶりに自宅に帰ってバッグの中の汚れ物を取り出すと、丸まったシャツや下着に萎れて色の褪せた花びらが何枚も絡みついているのに気づいた。

春奈さんは花びらを集めて近くのお寺に持っていき、境内の隅に埋めた。

手で穴を掘っているとき境内の反対側からずっとこちらを見ている、優しそうな顔のお坊さんがいた。春奈さんは不思議とそのお坊さんはこの世のものではない気がしたそうだ。

只乗り

　タクシードライバーの志織さんは最近よく〈只乗り〉されることがあるという。空車で流しているときにふっと車内の空気が変わり〈客を乗せているときの感じ〉が濃厚に漂う。客がいるのを忘れて走っていたのか？　と思わず後ろを確かめてしまうこともあるが、座席は空である。しばらくするとまた何の前触れもなくふっと気配が消える。そんなことが週に一、二度はあった。

　困るのは、この〈只乗り〉されている最中はいっさい本物の客がつかないことだ。あきらかに手を挙げて乗車の意志を示していた人が、車が近づくとぷいっと背を向けてしまうこともしばしばだという。だが〈只乗り〉の始まりも終わりも、まったく不規則で場所や時間がまちまちなので、今のところ避ける方法がない。車内の見えないところに貼ったお札も効果がないそうである。

彼方の山

昌樹さんは行政関係の仕事でY市に週一で通っていたとき、駅前のデッキからビルの間に見える遠くの山並みを眺めるのが好きだった。

土地勘がないからそれがどこの山なのか見当もつかず、かえって趣きがあるような気がして旅情をかきたてられたという。


仕事がひと段落してY市の関係者と慰労の飲み会をした帰り、駅前で昌樹さんは「もう当分ここに来ることはないだろうな」と思いながらいつもの山並みの方角を眺めた。

すでに夜は更けて稜線は闇に溶け込んでしまっている。

記憶の中の青々とした山を心の中で暗闇に重ねていると、突然闇にぱっと光があらわれた。

まるで山全体がライトアップしたように、昼間の山並みが再現していたのだ。

携帯のカメラを向ける暇もなかったからその時間は十秒にも満たなかったのだろう、ふたたび山並みは闇に溶け込み、昌樹さんはしばらく呆然としてデッキに立ち尽くしていた。


「人に話すと稲光とか放電現象を見間違えたのでは？　って言われるんだよ。でも何秒間も続いて目に焼きついてるし、空は普通に暗いままで山だけが真昼の色に見えたんだよね。その仕事一年近く頑張ったんで最後にサービスでもう一度山を見せてくれたのかな、って思うようにしてる。誰のサービスなのか知らないけどね」

老人会

サチさんの実家は今は都内の分譲マンションに移っているが、かつて東日本の有名な観光地にあった。

ある日サチさんが小学校からの帰りに道端の花を摘んでいると、いかにも観光客らしい老人たちがカメラを向けて次々とシャッターを切ってきた。

まるで動物を撮るような不躾さに腹が立ったので睨みつけたところ「田舎の子は目つきがきついねえ、怖い怖い」と聞こえよがしにつぶやいて老人たちは行ってしまった。

数年後、テレビの心霊写真特集でサチさんによく似た子供の写った写真が紹介されたと、周囲で話題になったことがあった。

当日テレビを見ていなかったサチさんは後日、番組をビデオに撮ったという友達の家で見せてもらった。すると目元にプライバシー保護の黒線が入っているが、たしかにサチさん本人らしき女の子の写真が紹介されていた。

場所は通学路にある紫陽花で有名な寺院の近くのようだ。背後の草と樹木が重なった辺りに、般若のような形相の青い顔に見える光が浮かび上がっている。

その光は手前にしゃがんだサチさんが握りしめている、青い花の色に酷似していた。

番組では写真に添えられていたという手紙が男性アナウンサーによって読み上げられた。

「祖母が○○へ老人会で旅行をした際、地元の子供を撮影したものです。この写真を撮ったすぐ後に祖母は気分が悪いと訴えて路上で倒れ、救急搬送されてそのまま旅先の病院で亡くなりました」

サチさんは聞いていて手のひらが冷たくなっていくのを感じた。

ゲストの霊能者がどんな鑑定をしていたかはよく覚えていないという。

目黒駅

留衣さんは子供の頃、目黒駅の構内で迷子になったことがある。

祖父の家を訪ねた帰りで、母親が知りあいに会って立ち話をしてる最中にふらふらと歩いていたら、いつのまにか留衣さんは周囲を羽織袴の集団に囲まれていた。

「右右、左左。よろしいよろしいそろそろ行きますか」

そう声が聞こえて、集団は整列したままぞろぞろと歩き出し、留衣さんは巻き込まれるようにそのままプラットホームらしき場所まで運ばれてしまった。

そこには電車ではなく、プレハブ小屋をいくつもつなげたような奇妙なものが停まっていたという。

羽織袴の集団は、その奇妙なものに乗り込む動きを見せた。

留衣さんは逃げようとしたがもみちくゃにされて集団から抜け出せない。

そのとき誰かが「おい、かわいい鼠が一匹混じってるぞ」そう言って留衣さんの襟首をつかみ、持ち上げてそのまま列の外に放り出した。

気がつくと駅事務所に保護されていたのだが、母親の話では留衣さんが保護されたのは目白駅の男子トイレの中だったそうだ。手洗い場の鏡を見つめてじっと固まっている女児を不審に思った客が駅員に通報したのだという。

目黒駅から目白駅へは山手線で八駅、乗車時間二十分弱。

だが留衣さんには電車に乗った記憶はまるでないし、母親とはぐれてから目白駅で発見されるまでなぜか四時間以上経っていたのである。

九官鳥

矢田さんが住んでいるマンションの右隣の部屋は、彼が越してきてから八年間で合計三ヶ月くらいしか居住者がいたことがない。

これまでに借り手は三人いたが、最大でひと月半くらいしか居つかなかったらしい。不動産情報のサイトを見ると入居者の募集はし続けているようだし、それだけ空きが続いてもなぜか相場よりやや高めの家賃を維持しているから、たぶん事故物件のたぐいではないのだろう。

ただその部屋に入居した三人とも引っ越しの挨拶に来たとき、矢田さんに向かって「このマンションって誰か九官鳥でも飼ってるんですか」という意味のことを訊ねてきたという。矢田さんには何のことかわからず、そのたび曖昧《あいまい》な反応をしてしまったが、次に同じことを言われたらくわしく話を訊いてみよう、そう思いつつ、最後の入居者が去ってからもう四年八ヶ月が経っている。

ちなみに矢田さんの知るかぎり、周囲に九官鳥を飼っている住人はいない。それらしい鳴き声なども聞いたことはない。

権一郎様

恵利香さんは夜道を歩いているとよく、

「ごんいちろうさまではありませんか」

と声を掛けられる。

ぎょっとして声のした方を見ると誰もいない。

たしかに間近で聞こえたのに、辺りはしんとして人の気配もないのだ。

そんなことが今までに七、八回はあったけれど、夜ばかりで、昼間には一度もなかった。

声は男とも女ともつかないが、団扇《うちわ》であおぐ音にどこか似ているという。

幽霊はいません

雄輝さんの両親や兄弟は、西日本のとある観光地でホテルやレストランなどを経営している。彼らと不仲な雄輝さんはもう何年も故郷に帰っていないが、子供の頃は一族の経営する遊園地に自由に出入りできたので、時々友達を連れて遊びにいくことがあった。

当時すでに「しょぼくて時代遅れの、塗装の褪せたような遊具しかなかった」という遊園地で休日も園内はガラガラだったが、お化け屋敷だけは地元の子供たちのあいだでちょっとした評判だったという。

それもアトラクションとして怖いという評判ではなく、あばら家を模した建物が実際に経年劣化で崩れかけていたために〈あそこは本物の幽霊が出る〉という噂が立っていたのだ。

それでクラスメイトにせがまれると、経営者家族特権で無料でお化け屋敷に案内してあげていたわけである。

初めは一緒に中に入ったりもしていたが、「幽霊の人形の目が青く光ってた！」「お墓の陰に誰かがうずくまって呻いてた！」と興奮して騒ぎたてるクラスメイトにつきあうのが馬鹿馬鹿しくて、近くのベンチに座って待つようになった。


初夏のよく晴れた日で、陽射しが強かったという。雄輝さんはベンチで缶コーラを飲みながら、クラスメイトたちがお化け屋敷から出てくるのを待っていた。

ろくろ首の描かれた看板を眺めつつ「遅いなー」と思っていると、入口の横にある、破れ障子の絵が描かれた出口からぞろぞろと浮かない顔の友人たちが現れた。

怖かったとか面白かったとか、つまらなかったとか、そのいずれでもなく「浮かない顔」としか言いようのない表情をしていたのだ。

すでに何度かお化け屋敷に入ったことのあるアキラが雄輝さんを見つけると近づいてきて、ぽつりと言った。

「あの人ってここの関係者か何かなの？」

指さした方へ目を向けると、ちょうど出口から顔を覗かせた女の人がいた。

ぼさぼさの長い髪で顔が半分隠れていて、グレーっぽいデニムのジャケットとスカートを身につけている。靴はもとは白かったとかろうじて分かるくらいに汚れたスニーカーだった。

全然知らない人なので雄輝さんが「違うと思うよ」と答えると、アキラは背後を気にして小声になりながら、

「中にいるあいだずっとつきまとわれてさ、『ここには幽霊なんていません、探しても無駄ですよ、幽霊はいないんですから』ってしつこく話しかけてくるんだよ」

そう言ってため息をついた。

他のクラスメイトたちも背後を気にしながらうなずいている。

そのとき女が顔を上げてこちらを見たような気がした。

思ったより普通の人みたいだな、と雄輝さんは思った。ただ顔色がとても悪い。すると女は恥ずかしそうに口元を押さえ、妙に内股になってこちらへ歩み寄ってくる。

クラスメイトたちは困惑した顔で四方に散ってしまい、ベンチに残された雄輝さん

の前に女は一直線にやってきて立ち止まった。

「あなたも幽霊がいると思ってるんでしょ？」

いきなりそう話しかけてきた女はお化け屋敷のほうを指さしていた。

「残念、幽霊なんていません。あれは機械で動く人形なんですよ。それだけがあって、後は何もありません。幽霊がいるですって？　とんでもないですよ、幽霊なんていませんから」

雄輝さんは周囲を見回したが、クラスメイトたちは遠巻きにして様子を窺うだけで近づいてこない。

「いませんから本当に。疑ってますか？　それじゃあ今から確かめにいきますか？ええそうしましょうね、幽霊がいないってことを確認しましょうね。それがいい」

そう言いながら女が腕を掴んでぐいぐい引いて行こうとしたので、雄輝さんはびっくりして悲鳴を上げた。

声を聞いた従業員が慌てて走ってきたのと入れ替わりに、女は手を離してさっと身を翻した。

「坊っちゃんどうしました？　大丈夫ですか？」

心配そうに声を掛けてくる従業員に今の女のことを教えようとしたが、姿が見当たらない。ようやく周りに集まってきたクラスメイトに訊いても、なぜかみんな同時に女の姿を見失っていた。

従業員が悲鳴を聞いてベンチの方を見たときはすでに雄輝さんしかいなかったという。だがそれは変だと思った。雄輝さんは女に抵抗しながら、駆け寄ってくる従業員を見て手を振った記憶があるから、それでは辻褄が合わないのだ。

「不審者が出没していると園内に連絡を回して、警察にも届けておきますから。坊っちゃんたちは今日は一旦おうちにお帰り下さい」

そう言われた雄輝さんはクラスメイトたちとともに遊園地を出た。

それから雄輝さんたちはお化け屋敷に行くたびにそのデニムの上下の女に遭遇した。

正確にはクラスメイトたちが屋敷に入っていくたびに遭遇して、雄輝さんはベンチで待機していたから女を見ていない。

遭遇したらすぐ伝えるように言われていたから彼らは従業員を呼ぶのだが、従業員が館内を確かめるとそんな人物は見つからないし、出ていったところも確認できないのだ。

そして女の〈広報活動〉がまるで効果を現したかのように、お化け屋敷内に出没するという「本物の幽霊」の噂は子供たちの間で急速に廃れていった。

かわりにその女の噂が、たとえば妖怪のような存在として広まるということもなぜかなかったようだ。

雄輝さんは女に腕を掴まれたときの、冷たくて固い手の感触を思い出すとあれは生きた人間でも幽霊のようなものでもなく、〈人形〉に近い何かに思えてならないという。もちろんお化け屋敷内には、デニムのジャケットとスカートを身につけた幽霊の人形などなかったはずである。だからあの女が〈人形〉だったとして、いったいどういう〈人形〉なのか雄輝さんにはわからない。

幽霊の噂が消えたお化け屋敷は地元の有名心霊スポットの座から転落し、ただの時代遅れのアミューズメントという扱いになった。そして数年後には遊園地ごと不採算事業として閉鎖されてしまったので、現存していない。

父の年賀状

輝子さんは訳あって両親とは十数年来の絶縁状態にある。

一度だけ従兄の葬儀で顔を合わせたときもひと言も話していないし、一人っ子だから兄弟を通じて情報が入ってくることもない。

ところが三年前の正月に、父親から年賀状が届いた。

今のマンションの住所は両親に知らせておらず、興信所でも使って調べたんだろうかと思う。

いったいどういうつもりなのかと複雑な気持ちになったが、よく見ると葉書の宛先が輝子さんの住所ではなく、宛名も違っていた。

宛名はおそらく父親の仕事の取引先の会社だろう。

印刷された文面もたしかに仕事用のものだ。

なんでこれがうちに届いたんだろう?

どう考えていいかわからないまま、葉書はその日のうちに近くのポストに投函し直した。

ふたたび年賀状が彼女のもとに届くことはなかった。

両親とも、いまだ音信不通のままである。

変な遺書

智幸さんの伯父が経営しているアパートで十年以上前、入居者が自殺したことがあった。

亡くなったのは近くの印刷工場に勤務する四十代前半の男性で、無断欠勤が続き本人に連絡もつかないということで親族の要請を受け開錠したところ、浴室に血と吐瀉物にまみれた男性が半裸で横たわっていたのである。

台所の壁の目立つところに遺書らしい紙が貼ってあり、すぐに自殺だとわかったのだが、書かれている内容は奇妙なものだった。

ところどころに「死にます」「もう限界」「みなさん申し訳ありませんでした」といった文言が混じっていていかにも遺書らしいのだが、よく読んでみると文章がまったく支離滅裂で、部分的に見れば使っているトイレ消臭剤のレビューのように読める一節などもあり、書いた人の精神状態が普通でなかったことを窺わせる。そして最後に署名があるのだが、それが自殺した当人の名前ではなく、しかも女性名だった。

遺族も職場の人たちもそこに記された姓名に心当たりはなく、死を前に錯乱した人間が書いたものだから意味を探っても無駄だろう、ということに落ち着いたようだ。

部屋は後に半額の家賃で入居者を募集したが、事故物件であることを承知で借りたいという人がすぐに見つかり、契約した。今度の借り主は市内の大学に通う二十代の男性である。

ところがそれから半年ほど経った頃にその部屋でふたたび自殺未遂事件が起きた。学生の女友達が彼の就寝中、たまたま鍵をかけ忘れた玄関から部屋に上がり込み、窓枠に紐をかけて首を吊ったのである。

幸い物音で目を覚ました学生が救出し、救急車を呼んだことで女性は一命を取りとめた。

以前から何度か未遂を繰り返していた人らしく、搬ばれた病院の看護師とも顔見知りだったようだ。

その女性の名前が、以前部屋で死んだという工員が遺書に記した名と同姓同名だったのである。

偶然と考えるにはありふれた名前とは言えない――日本中で同姓同名の数は二桁いかない名前だろう――し、伯父は借り主の学生にはそこが自殺のあった部屋だとは知らせていたが、遺書の内容などの詳細は一切教えていない。

女性とはバイト先の同僚として二週間ほど前に知り合ったばかりで、恋人未満のような間柄だったようだ。初めて学生が彼女を部屋に招いたのも事件のほんの三日前だったという。

女性はすぐに退院することができたが、その数日後には同じ町のマンション最上階から飛び降りてついに本懐を遂げた。

その後ほどなく学生は部屋を引き払って郷里に帰ってしまったので、その件についいて智幸さんの伯父が知っていることはここまでである。
亡くなった女性と、彼女の名で遺書を書いた工員に面識がないのは確かなようだ。
二度続けての自殺のどちらの際も、女性の遺書は見つからなかったらしい。

蛇長蛇男

美津留さんの弟は二十六歳のときにある陰惨な事件に巻き込まれて亡くなっている。

家族はそのことで周囲から心無い言葉を浴びせられたり、好奇の目で見られずいぶんつらい思いを味わったようだ。弟はかわいそうだったけれど、できればもう何も思い出したくないからと遺品など弟の思い出にまつわるものは全部処分してしまった。

事件だけが理由ではないが、それも大きなきっかけになって家族の間にも罅が入り、父親が黙って出ていった後の家で母と喧嘩ばかりしていた姉もやがて家を出、後に続くように美津留さんも三十歳のとき衝動的に東京に出てきた。

あれから十年以上経った現在、彼が辛うじて年に一度くらい電話で話す家族は姉だけだという。

その姉が最近電話をしてきたときに妙なことを言っていた。

「あんたヒトシの墓参りもうずっと行ってないよね？」
ヒトシというのは亡くなった弟の名前である。ああ行ってないよと答えると姉はしばらく黙っていたがぽつりと、
「夢にね、ヒトシが出てきた」
そう言って神妙に語り始めた。

城跡が公園になっているような緑の多いところを、娘のユキと一緒に歩いていた。現実のユキはすでに高校生だが、夢の中で姉が手を引いている娘はまだ五歳くらいの姿である。

池のほとりにさしかかると、道端の草がそよぎ始めた。風があるわけでもなく、そこだけ草が動いているからおかしいなと思って見ていたら、いきなり人が出現して草の上に立っていたという。

スーツの上着を腕に抱えた若い男が、姉に向かってお辞儀をしている。顔を上げるとそれは弟のヒトシで、棺の中で花に埋もれていたときと同じように、その頬から額、顎にかけて縦横にひどい傷痕が走っていた。

懐かしいような苦しいような気持ちで胸がいっぱいになっていると、ヒトシは手にしたジャケットのポケットから名刺を一枚取り出して姉に渡した。

〈蛇長蛇男〉


縦書きにただ一行そう印刷されている。

なぜかその名刺を見た途端「ヒトシとそっくりだけど別人なんだ」とあっさり納得した姉が、

「ヘビナガヘビオさんとお読みしますか」

そう訊ねると、弟と同じ顔をした男はうれしそうにうなずいて白い歯を見せた。

姉は内心気持ち悪い名前だなと思い、名刺は後ろ手にそっと池に投げ込んだ。

裏返しに水面に落ちた名刺には、じわじわと鏡文字になって名前が滲み出してきた。

「それだけの夢なんだけど、なんか最後の名刺のところとか妙にくっきり映像が頭に残ってるし、気になって朝起きてきたユキに話したんだよね。『ママさっきこんな夢見たんだよ』って。そしたらあの子びっくりして味噌汁のお椀落っことしちゃって。どうしてかわかる？　ユキもその朝あたしと一緒に歩いてる夢見てたんだって。どんな場所だったかは覚えてないけど、顔が傷だらけの男の人に会ったのは覚えてるって。あの子にヒトシの写真ほとんど見せたことないし、傷だらけだからヒトシだってことはわからなかったみたいだけど。それでユキは夢の終わりに、その男の人が蛇になって池に潜っていくのを見たって言ってた。……まあそんな夢を親子で見たからね、そういえばヒトシのお墓にもずいぶん行ってなかったなと思って」

　だからあの子が寂しがって夢に出てきたのかもしれない、と姉はつぶやいた。

「あの子の命日にはいろんなこと思い出しちゃって、それを頭から振り払うのに精一杯で結局、お参りに行かずじまいだったんだよね」

　今度一緒にお墓参りに行かない？　そう姉に誘われて美津留さんは次の週末、数年ぶりに弟の眠る霊園を訪れることになった。

　山の頂上に向かうバスの座席に姉と並んで揺られている。

　姉と会うのもひさしぶりで、年齢に比して若く見える人だった姉もさすがにずいぶん老け込んで見えたという。

バスはがらがらで、前の方の席に頭の薄い男性が一人だけ座っていた。

その客も途中で降りてしまって、終点の霊園前で降りたのは美津留さんたちだけだった。

時間のせいもあるのか、霊園の駐車場もがらんとしていた。

弟の眠る墓の前に立つと、買ってきた花を供える。

姉がてきぱきと墓を洗ったりまわりを片付けているのをぼんやり見ていたら、美津留さんは背中に視線を感じた。

振り向くと霊園の出口の方に白っぽい服を着た人たちが立っていた。

背格好からしてみんな女性らしく、着ているのはちょっと見慣れない形の、生地の固そうな民族衣装のようなものだ。

外国の人なのかなと思って何となく見ていたら、その人たちはこちらを見ているだけでなく、中には指さしたり、腹を抱えて笑っている人もいた。

訳がわからないまま美津留さんは不快になり、思わず睨み返してしまった。

すると「どうして⁉」という叫び声が背後から聞こえた。

振り返ると姉は弟の墓の前で口を大きくあけたまま固まっている。

何事かと墓を見て美津留さんも腰を抜かしそうになった。

竿石が上下逆さまになっているのだ。

姉が隣の墓にきれいな蝶がとまったのを見て、ふたたび弟の墓に目を戻したら異変に気づいたのだという。

「とにかく事務所に言って事情を話してこよう」

そう言って美津留さんは姉を連れて霊園の出口の方に向かった。

奇妙な白い服の人たちはいつまにかいなくなっていた。


墓石の件は何者かによる悪質ないたずらということに落ち着いたようだ。

姉からその後の経緯、母とも連絡を取って墓石をクレーンで吊るして元に戻した話などを聞かされながら美津留さんは納得がいかなかった。

美津留さんたちが到着したときは、たしかに墓は正しい向きに立っていたことを確認している。「夜のうちに霊園内に侵入した不届き者のしわざ」という説明とはあきらかに矛盾しているのだ。

そのことを姉に言うと「でも私ほら、名刺をちゃんと受け取らなかったから……」というよくわからない答えが電話口から返ってくる。

曖昧に返事をして美津留さんは電話を切った。

それから三ヶ月ほど経って、美津留さんのマンションの集合ポストに一通の葉書が入っていた。

住所が書いてないので郵送ではなく直接投函されたものらしい。葉書の裏には毛筆らしい筆跡で、大きな渦巻き模様がひとつ描かれているだけだった。

差出人は弟の墓のある霊園になっていたので問い合わせたところ「当園ではそのような葉書は送付していません」という答えが返ってきた。

葉書はしばらく玄関のシューズボックスの上に置いていたが、気がつくとなくなっていたという。

何かの拍子にドアの外にでも飛ばされたのだろう、と思ってそのうち忘れてしまった。

同じ頃美津留さんの職場でインフルエンザが流行り、出勤すると事務所に半分しか人がいないという日があった。

朝から慌しく電話応対に追われ、食事どころかひと息入れる間もなく午後に差し掛かっていたときのこと。

置いた途端に鳴り出した受話器を美津留さんが取ると、入りの悪いラジオのようなノイズが耳に飛び込んできたという。

『ヘビナガさんはいらっしゃいますか』

ノイズのむこうからかろうじて聞こえる女の声がそう言っていた。

驚いて訊き返すと、女の声は急に前に出てきたように今度ははっきりと聞こえた。

『ヘビナガヘビオ』

受話器を握りしめて絶句したまま、美津留さんは事務所の人たちの視線が自分に集まっているのを感じた。

縋るような気持ちで見返すと、なぜか知らない女の人と目が合った。

白くて固そうな生地の、民族衣装のようなものを身にまとったその女は、口の端をかすかに上げてじっとこちらを見つめていた。

霊園で見かけた集団の着ていた服だ、と美津留さんは思う。

はっとしてまわりを見ると、同じ白い服を着た女の人たちが欠勤者たちの席に座って取り囲むように美津留さんを見据えていた。面白そうに笑っている顔や蔑む目をしている顔、憎悪を込めて睨みつけている顔などさまざまな女たちは、みなそれぞれ手のひらに小動物の頭蓋骨のようなものを載せている。その白い頭蓋骨をもう片方の手で撫でながら、口の動きだけで絶え間なく何かを唱え続けていた。

耳元のノイズが大きくなったと思うとふいに静まり、女たちの姿が消えた。

いつのまにか電話は切れており、通話の記録は残っていなかった。

事務所の人たちは何も異変に気づいてない様子で相変わらず忙しく立ち働いている。

その日遅く帰宅した美津留さんは、なくしたと思っていた葉書がシューズボックスの上に戻っていることに気づいたという。

だが裏返すと渦巻きの模様が消えてなぜか葉書の裏面は白紙になっていた。

美津留さんはライターで火をつけると葉書を灰にして洗面台に流してしまった。

灰を飲み込んだ排水口からは、長々と男のうめき声のような音が聞こえてきた。

あれから一年以上経った現在、さいわい美津留さんのまわりではおかしな出来事は何も起きていないようだ。

最近は公私ともに順調とのことで、職場の取引関係で知りあった同い年の女性とつきあい始め、四十歳を過ぎて初めて真剣に結婚のことも考えているという話である。

相手の女性はあの日事務所に現れた白衣の女たちの一人に顔がよく似ており、腰にはとぐろを巻いた蛇の図柄のタトゥーがあるそうだ。

婚約を機に彼女と同じ位置に同じ図柄のタトゥーを入れることを、美津留さんも検討しているという。

あとがき

世の中では日々怪談未満の出来事が無数に起きては、泡のように忘れられているようです。

たとえば会社員のTさんは、夜中によく目を覚ましてトイレに行くんですが、トイレからベッドに戻って寝直したという記憶がまるでないらしいんですね。つまり便意をおぼえて目が覚めた、トイレに行ってお尻を出して便座に座った、ところまではっきり憶えてるらしいんですが、気がつくと朝になって自分はベッドの中にいる。ゆうべのあれは夢だったのかなと思って寝室を出ると、ドアの外に揃えてあったはずのスリッパが消えて、トイレの前にあるんです。Tさんは独り暮らしで、ゆうべは誰も人が来ていないのは確かなんです。これはただTさんが寝惚けて途中の記憶が飛んでしまい、ついでにスリッパも履き忘れてきただけという可能性が高いんですが、考えようによっては怪談のように取れなくもない。

また専業主婦のGさんは、会社経営者の夫が結婚前から関係していた女性社員と、今も不倫関係にあることを知りつつ十二年間くらい見ぬふりを続けてるんですね。というのもその不倫相手の女性がGさんの七歳下の妹にそっくりなんだそうです。ただ妹は高校生のときに事故で亡くなっているので、夫は会ったことがないわけです。その女性を見るたびGさんは言葉ではとても表せない複雑な感情が湧き上がってきて、現実から目をそむけずにいられない。結果、夫の不貞を放置したまま十二年が過ぎてしまったという話です。この件も何か底の方に怪談的なものがよこたわっている気がします。でも一方、そもそも妹似ということは相手女性はGさんとも少なからず似ている可能性があるので、たんに夫の好みのタイプの顔と考えればかなり話は現実的な様相になってきます。

それからフリーターのMさんは、自転車に乗っていたらいつのまにか前篭に梨が一個転がってたことがあるそうです。乗るときは入っていなかったし、走行中に飛び込んできた記憶もない。だから不思議に思いつつ「誰かがくれたんだ」と思って帰宅後食べたそうです。「甘くて美味しかった」とも言っていました。誰かって誰なの？と訊いても「わかんない。でも梨がいきなり無から出現するわけないから、誰かに貰ったと考えるのが合理的。誰にいつ貰ったのかは忘れたんだと思う」とのこと。そう納得できるならこの件には何も不思議なところはなくなるわけです。
これらの話がそのまま怪談として本に載っていたら、たぶん「ちょっとそれは違うんじゃないの」という意見が多数派を占めるのではと思います。だからこうしてあとがきに紛れ込ませているわけですが、筆者としてはこれら怪談未満の話と、本文の方に収めた六十一編の間に本質的な線引きはできないだろうとも感じているんですね。ジャンルとしての怪談を今我々がどのあたりに見定めているのかということに配慮しつつ、あくまで便宜的に、納まり具合をその都度確かめて選別していくことしかできない。今まで怪談ではなかったものが怪談になる、ということを我々は日々経験し続けているはずで、その経験にこそ怪談の本質があるのではというのは私がひそかに思っていることですが、我々が生きている現実が明日も現実である可能性も、思いのほか低いのではというのが私の意見です。

本書の執筆中は目の端をしきりと白いものがちらちら動き回っておりました。といっても死者の魂魄のたぐいではありません。やもりです。私の部屋の窓は明かりに集まる虫を狙ったやもりの餌場になっておりまして、夏の夜にはかれらが元気にしっぽを振り振り駆け回っている。時にはやもりどうしで縄張り争いの追いかけっこが始まることもあります。

ふと思うんですが、やもりたちにも怪談はあるのでしょうか。もちろんないと思いますが、やもりたちも生活の中で恐怖を感じることはあるでしょう。自分より体の大きい同類に威嚇されたり、猫やカラスに襲われたり人間に捕まったり、そういうときやもりは死の恐怖、少なくともそれに似た何かを感じているのではないかと思います。言い換えれば、人間の中にもやもりがいると言いますか、やもりと恐怖を共有する部分がある。ただ、それは我々が怪談から感じている恐怖とはたぶん少し別のものでしょう。

怪談は命の危険に関わる恐怖と無縁には成立しないものですが、同時にまた「殺されると思って逃げ回っていたら、そんな敵などどこにもいなかった」と知ったとき広がる〈虚無〉とも大いに親しいものであるはずです。この虚無に私は関心があります。幽霊はいるから怖いのではなく、いるはずがないから怖いのではないか。存在しないはずのものについての、ありえない挿話が集まりましたらまたこうしてお目にかかればと思います。

我妻俊樹

竹書房ホラー文庫、愛読者キャンペーン！

心霊怪談番組「怪談図書館's黄泉がたりDX」

*怪談朗読などの心霊怪談動画番組が無料で楽しめます！

＊10月発売のホラー文庫3冊（「奇々耳草紙 死怨」「百万人の恐い話 呪霊物件」「恐怖箱 煉獄怪談」）をお買い上げいただくと番組「怪談図書館'S黄泉がたりDX-28」「怪談図書館'S黄泉がたりDX-29」「怪談図書館'S黄泉がたりDX-30」全てご覧いただけます。
＊本書からは「怪談図書館's黄泉がたりDX-28」のみご覧いただけます。
＊番組は期間限定で更新する予定です。
＊携帯端末（携帯電話・スマートフォン・タブレット端末など）からの動画視聴には、パケット通信料が発生します。

パスワード
fpre7c33

QRコードをスマホ、タブレットで読み込む方法

■上にあるQRコードを読み込むには、専用のアプリが必要です。機種によっては最初からインストールされているものもありますから、確認してみてください。

■お手持ちのスマホ、タブレットにQRコード読み取りアプリがなければ、i-Phone,i-Padは「App Store」から、Androidのスマホ、タブレットは「Google play」からインストールしてください。「QRコード」や「バーコード」などと検索すると多くの無料アプリが見つかります。アプリによってはQRコードの読み取りが上手くいかない場合がありますので、その場合はいくつか選んでインストールしてください。

■アプリを起動した際でも、カメラの撮影モードにならない機種がありますが、その場合は別に、QRコードを読み込むメニューがありますので、そちらをご利用ください。

■次に、画面内に大きな四角の枠が表示されます。その枠内に収まるようにQRコードを写してください。上手に読み込むコツは、枠内に大きめに収めることと、被写体QRコードとの距離を調整してピントを合わせることです。

■読み取れない場合は、QRコードが四角い枠からはみ出さないように、かつ大きめに、ピントを合わせて写してください。それと手ぶれも読み取りにくくなる原因ですので、なるべくスマホを動かさないようにしてください。

奇々耳草紙 死怨

2016年10月6日　初版第1刷発行

著者　我妻俊樹
デザイン　橋元浩明(sowhat.Inc.)
企画・編集　中西 如(Studio DARA)
発行人　後藤明信
発行所　株式会社 竹書房
〒102-0072 東京都千代田区飯田橋2-7-3
電話03(3264)1576(代表)
電話03(3234)6208(編集)
http://www.takeshobo.co.jp
印刷所　中央精版印刷株式会社

定価はカバーに表示しています。
落丁・乱丁本は当社にてお取り替えいたします。

ISBN978-4-8019-0861-1 C0176